中华魂

ZHONGHUA HUN

百部爱国故事丛书

蘑菇云之梦

——核物理学家钱三强

马 静 编著

吉林人民出版社

图书在版编目（CIP）数据

蘑菇云之梦：核物理学家钱三强 / 马静编著 . --

长春：吉林人民出版社，2011.3（2021.8 重印）

（中华魂·百部爱国故事丛书）

ISBN 978-7-206-07573-5

Ⅰ.①蘑… Ⅱ.①马… Ⅲ.①故事－中国－当代

Ⅳ.① I247.8

中国版本图书馆 CIP 数据核字 (2011) 第 032634 号

蘑菇云之梦
——核物理学家钱三强

MOGUYUN ZHI MENG
　　——HEWULI XUEJIA QIAN SANQIANG

编　　著：马　静
责任编辑：韩春娇　　　　封面设计：孙浩瀚
制　　作：吉林人民出版社图文设计印务中心
吉林人民出版社出版 发行（长春市人民大街7548号　邮政编码：130022）
印　刷：北京一鑫印务有限责任公司
开　本：787mm×1092mm　　1/16
印　张：8　　　　字　数：64千字
标准书号：ISBN 978-7-206-07573-5
版　次：2011年3月第1版　　印　次：2021年8月第2次印刷
定　价：35.00 元

如发现印装质量问题，影响阅读，请与出版社联系调换。

总　序

　　《中华魂》是一套故事丛书。它汇集了我国自鸦片战争以来一百八十余年间的近百位民族英雄、仁人志士、革命领袖、先进模范人物的生动感人事迹，表现了他们作为中华儿女的伟大的爱国主义精神。

　　爱国主义是人们对于"生于斯、长于斯、衣食于斯"的祖国的一种神圣感情，是人们对于自己民族的一种强烈的责任感和使命感，是感召和激励整个中华民族的一面永不褪色的旗帜。在一百多年的中国近现代史上，爱国主义一直激励着中华儿女为祖国的独立、统一、进步和繁荣而英勇奋斗。从"苟利国家生死以，岂因祸福避趋之"的林则徐，到"我自横刀向天笑，去留肝胆两昆仑"的谭嗣同;从"铁肩担道义,妙手著文章"的李大钊,到"青春换得江山壮,碧血染将天地红"的赵一曼;从"县委书记的好榜样"的焦裕禄,到"问鼎长天,扬我国威"的邓稼先……都表现出了强烈的爱国主义精神。正是由于热爱祖国的人们前仆后继地奋斗,国家和民族才得以生存,才能够在一次次历史危急关头转危为安,走向兴盛和富强,从而屹立于世界民族之林。爱国主义是鼓舞中华儿女历经忧患、跨越沧桑、百折不挠、自强不息的伟大力量,它贯穿于中华民族的整个历史,并有力地凝聚着五洲四海的中国人。

　　爱国主义是一个历史的范畴,在社会发展的不同阶段、不同时期有不同的具体内容。革命时期,需要我们为祖国的独立自主出生入死;建设时期,需要我们为祖国的繁荣富强增砖添瓦。在全国各族人民团结一心,开启全面建设社会主义现代化国家新征程的今天，我们要争做一名新时期的爱国者。新时期的爱国者要有强烈的民族自尊心、自豪感。民族自尊心、自豪感是任何时期、任何爱国者都必须具备的情感。民族自尊心能增强我们自立向上的恒心，民族自豪感能树立我们建设祖国的信心。要树立"祖国高于一切"的崇高信念，为了祖国和人民的利益不惜抛却个人的利益，甚至不惜牺牲个人的生命。我们要树立终身学习的理念，拓宽自己的知识面，广泛吸收新知识、新技术，完善自身的知识结构，更新学习知识的方法与理念，从思想上、知识上充分武装自己，为祖国的繁荣昌盛贡献力量。

爱国主义思想的继承和发扬，是关系到民族盛衰、国家兴亡的根本问题。爱国主义思想情操的形成，需要不断地培养。培养爱国主义精神的一个重要途径是向英雄人物和典范事迹学习和致敬。这套丛书的出版,对于青少年向英雄和先进人物学习,特别是对于在中小学生中进行爱国主义教育是不可多得的生动的教材。祝愿此书出版发行成功,为培养时代新人作出贡献。

胡维革

中华魂
百部爱国故事丛书

编 委 会

策 划： 胡维革　吴铁光

　　　　 林　巍　冯子龙

主 编： 胡维革　邢万生

副主编： 贾淑文　杨九屹

编 委： （按姓氏笔画为序）

　　　　 于二辉　刘士琳

　　　　 刘文辉　孙建军

　　　　 李艳萍　吴兰萍

　　　　 谷艳秋　隋　军

我们应当珍重每一天，微笑着面对每一天。

——钱三强

目　录

更名立志　　　　　　　　　　/ 001

投师居里夫妇　　　　　　　　/ 026

目击地球村的核裂变　　　　　/ 031

世上只有母亲好　　　　　　　/ 048

盯住世界先进水平　　　　　　/ 064

"东方巨响"　　　　　　　　　/ 082

中华魂 百部爱国故事丛书
ZHONGHUA HUN

更 名 立 志

　　钱三强原名钱秉穹。中学时代，同学们看他身体强壮，学习成绩好，品格优秀，便送给他一个绰号"三强"。父亲钱玄同觉得这个绰号很好，便给他改名为"钱三强"。

　　在古越绍兴有一处宁静的小巷。

　　被国际友人称之为"中国原子弹之父"的钱三强，于1913年10月16日诞生在这个小巷里。

　　这个可爱的小生命来到人世以后，他的父亲钱玄同笑微微地扶在床前，疼爱地摸摸他宽宽的脑门，捏捏那胖乎乎的小手，欣然为他起名儿为钱秉穹。

　　钱秉穹是一代国学大师钱玄同的次子。

　　钱秉穹出生不久，钱玄同便告诉妻子徐琡贞，他将辞去杭州教育专署的工作，到北京高等师范学校(后改名为北京师范大学)附属中学做国文教师。

　　1914年8月，徐琡贞带了长子秉雄和刚满十个月的次子秉穹，风尘仆仆赶赴北平，与丈夫团聚。他们在琉璃厂西侧附近一座老式四合院里定居。

徐琯贞喜欢树木和花卉，小小四合院栽满了丁香、月季、海棠、蔷薇、桃花、李花。这位善良的母亲总是把屋子、庭院收拾得干干净净。她在客厅小方桌上摆了一只花瓶，从春天开始，每隔一些日子更换一束插花，先是黄黄的迎春，接着便是紫白色相间的丁香，而后，便是粉嘟嘟的桃花，蓝色的马兰花……满屋清香宜人。幼小的秉穹觉得生活是那么温馨，那么美好。冬天，母亲便在花瓶里插上一枝松枝或柏枝，于是，屋子里便洋溢着松脂的清香，那香气往秉穹的小鼻孔里直钻。到了快过午时，屋子里又开出了一朵朵生机盎然的水仙花。贤良的母亲，便是用这四季鲜花陶冶着孩子们的情操，企盼着她的孩子们如鲜花那样有品格，有气节。

夏天的夜晚，他们一家人在庭院纳凉，小秉穹是一个富于想象的孩子，每当他挨着妈妈的膝头在庭院

钱三强的父亲钱玄同

纳凉时，小脑袋仰望着星空，会生出许多天真烂漫的遐想。当一轮明月挂上树梢时，他问妈妈："妈妈，月亮上面有什么?"

"有嫦娥，还有桂花树"。

"好大好大的桂花树吗？树下边那个人就是嫦娥吗"？他好奇地问道。

"那是吴刚"。妈妈说。

"那吴刚在树下干什么"？

"在砍桂花树"。妈妈回答说。

"那桂花树会被砍倒吗"？他担心地问妈妈。

"不会的，他今晚砍去的那块，明天就长好了"。

"吴刚砍桂树做什么"？

"他用桂树皮酿制桂花酒"。

"那酒很香吧"？

"很香。等你念好书，长大就可以到月亮上去尝尝那桂花酒"。

从此，秉穹的小脑瓜中天天憧憬着长大了，到月亮上去尝尝那桂花酒。

夏季，小四合院的桃树上结满了桃子，抬眼望去，让人馋涎欲滴。一天夜间，秉穹正在练习写方块字，忽然听到院子里有动静，趴到窗边一看，原来树上有个男孩子正在摘桃子。他不禁喊了一声："妈妈，有人偷桃子!"

妈妈闻声与秉穹一起走出房门,那男孩惊慌失措,"扑通"一声摔到地上。妈妈说,不用怕,回转身又摘了几个又红又大的桃子送给他。那男孩眼含热泪给这位女主人深深地鞠了一个躬,用一张报纸兜着那几只桃子离去了。

母亲没有多讲话,却教给了秉穹一生做人的原则:要宽以待人。

一个人,如果没有美好的童年、青年,便不会演绎好他的中年、老年。钱三强正是因为有美好的童年,有良好的家庭教育,才有了他以后的豁达、平易、宽厚和率真。

1920年,当钱秉穹刚满七岁的时候,就被父亲送进了由蔡元培、李石曾、沈尹默等北京大学教授们创办的子弟学校——孔德学校读书了。

孔德学校是一所最早提倡教白话文的学校。学校除了注重德、智、体三育外,还强调美育与劳动,对音乐、图画、劳作课也很重视。学校实行十年一贯制,这在当时,可以算是一所比较开明的学校。这所学校,师资较强,阵容整齐。钱秉穹得到的教育条件,是得天独厚的。钱秉穹是一个兴趣广泛、性格好胜的学生。体育、音乐、美术……他对一切都很感兴趣。刚进入初中他就成了班上"山猫"篮球队的队员。他打组织后卫，与中锋配合默契，传球、投篮，速度快，命中率高。他打起小球来，球艺也属上乘。1928年冬天，北京举办了首次全市乒乓球大赛，钱三强报名参加，获得男子组第三名。

秉穹的外公徐树兰曾在北京段祺瑞政府当过税务官。后来，因不满段祺瑞政府的腐败，毅然辞职，离京返乡。这一天，外公带了秉穹的舅公徐燕到秉穹家

清华学堂

——核物理学家钱三强

蘑菇云之梦

中辞行。燕舅公临别前赠给秉穹一张自己画的《雄鹰图》，并写了一行赠言："鹰者，有三强：一曰目光敏锐；二曰，翅膀矫健；三曰爪喙锋利。"舅公徐燕祝愿秉穹像雄鹰那样"三强"，像雄鹰那样展翅翱翔。

秉穹非常喜欢这幅《雄鹰图》，一直挂在自己的房间里。孔德学校的同班同学周某来家中做客见了这幅画，说秉穹的身体就像这雄鹰一样棒。于是，他给秉穹起了"三强"这个绰号，并很快在孔德学校传播开来。

1927年，钱三强已是初中三年级的学生了。当年，大革命从南方开始了，它为祖国的未来燃起了一团希望之火。就在北伐军节节胜利、捷报频传的日子里，进步书刊开始在孔德学校流传了。钱三强喜出望外地读到了《三民主义》《建国方略》。在《建国方略》中，中国未来的建设蓝图被勾画得那样宏伟，那样气势磅礴：修建以兰州为中心的几条铁路干线；开辟北方、东方、南方几大港口；实现电气化的构想……他充满激情，一口气读完了革命先驱孙中山先生的杰作，思想豁然开朗，仿佛在黑暗中看到了祖国光明的未来。

"要使祖国不受屈辱，摆脱贫穷，走向富强，非建立强大的工业不可"！同学们情绪激动地各自述说着自己的理想和抱负，钱三强的志向是报考电机工程。

"爸爸，我想学工"。高中毕业后，他兴冲冲地走进父亲的书房。

儿子的突然出现，而且非常自信地提出了报考大学的志愿，使父亲感到惊奇。这位把心思倾注于反帝反封建、提倡科学民主的语言文字学家，向来倡导开明的家风，对孩子的兴趣和志愿，总是采取支持、保护的态度。

"你想报考哪个学校"？钱玄同先生望着目光炯炯有神、思想趋于成熟、身体壮壮实实的儿子，亲切地问道。

"上海交通大学"。钱三强胸有成竹地回答。

"你的志愿是什么"？

"我想当——一名工程师，为国家建设出力"。

"做工程师不错，可是，你想过没有，上海交通大学是英文教学呀"？

三强沉默了。这确实是个难题。在孔德学校一直学的都是法文，一下子要适应上海交通大学的英文教学，谈何容易!

夜里，三强躺在床上翻来覆去，终于想出了一个解决难题的办法。

次日，三强又来到父亲的书房，继续昨天的话题：

蘑菇云之梦
——核物理学家钱三强

"爸爸，我想出一个办法。先进北大理学院的预科班，待英文提高后，再考上海交通大学。"

"进北大预科，也要考英文，而且也是使用英文课本。想过吗"？

何泽慧1936年清华毕业照

"想过。我想求爸爸一件事，请你出面跟北大交涉一下，准许我用法文考试。入学后，我努力跟上英文。如果跟不上，再留一级也行"。父亲见三强对工科如此着迷，再也无话可说了。

1930年，17岁的钱三强，以法文应考，被北京大学理学院录取为预科生。

从进北京大学校门的第一天起，活泼爱动的三强，完全变成另一个样子了。运动场上见不到他的影子，在家里听不到他的笑声。只要不上课，他就猫在图书馆里查字典，对笔记。回到家，三口两口吃完饭，或埋头书案，或朗朗阅读英语。眼看着，圆圆的脸消瘦了，头发蓬乱了。母亲担心这样下去会把儿子的身体累垮。

"你看见没有，这样下去，三强的身体吃得消吗"？徐琂贞着急地提醒丈夫，"他年龄比别人小，就让他留一级吧，何必这样拼命呢"？

"哈哈，"钱玄同笑起来："你怎么不知道他的牛脾气，他真的肯留级吗"？

半年以后，第一学期的考试结果出来了。钱三强的英文得了65分，其他各科成绩都不错。父亲伸手接过成绩单，不由得心里暗喜："这个属牛的孩子，真有一股牛劲哩！"

1931年，"九一八"事变以后，钱玄同出于爱国立场拒绝同日本人来往。在宴会上，凡有日本人参加，他都拒不出席。不久，日寇步步逼近北平，钱玄同写文章便署名钱复，寓有早日复我华夏不愿做亡国奴之意。在日伪逼近的北平，钱玄同拒绝工作，闭门谢客。钱玄同曾寄语大后方的友人："钱玄同决不任伪命。"表示自己决不与敌伪同流合污，表现出了高尚的民族气节。

原本不识愁苦滋味的少年钱三强，因为日寇的入侵，却平添了几多忧伤。

恰巧，就在这个时候，钱三强在课外阅读了英国科学家罗素的《原子新论》，对原子结构有了进一步的认识。于是，他把学习兴趣转向物理学。

1932年秋季，三强在北京大学预科毕业以后，毅然放弃了报考上海交通大学的初衷，转而考取了清华物理系，从师于留美归来的叶企孙、吴有训、赵忠尧教授和萨本栋教授。

清华物理系云集着当时中国物理学领域众多名家，又多是从科技发达的美国留学归来，他们一色的美国教育方式：上课不宣读课本，而是讲解例题，启发思考，重视掌握解决问题的本领。

1936年，钱三强在清华大学毕业了。他的毕业论文的成绩在全班排名第二，毕业论文成绩在全班排名第一的则是被同学们称之为漂亮"女神"的何泽慧。

当然，钱三强也发现被同学们称之为漂亮"女神"的何泽慧也不同凡响，那秀美的面庞镶嵌着一双会说话的大眼睛，苗条的身材，拖着两条粗粗的长辫子。三强对"女神"爱慕之情油然而生。尽管清华园当年是男女生混合编班，在一片打倒"孔家店"的声浪中，男女生社交公开。但慑于封建残余思想在各方面的影响，他二人还是将爱慕之情悄然深埋于心底。

1935年，北平爆发了震惊中外的"一二·九"学生救亡运动。那时，喜欢埋头读书的钱三强还在课堂上规规矩矩地准备期末考试呢。次日，何泽慧送给他一份清华大学救国会散发的《告全国民众书》。钱三强得知12月9日那一天，同学们因为喊出了"打倒日本帝国主义"这句口号，从而惹怒了汉奸特务，他们动用了大批军警，用大刀、皮鞭、水龙头袭击手无寸铁的爱国学生，打伤一百多人，逮捕二十多人。钱三强怀着急切心情读了《告全国民众书》，只见上面写道：

　　……现在一切幻想，都给铁的事实粉碎了！"安心读书"吗？华北之大，已经放不下一张平静的书桌了！

1935年清华大学物理系部分师生在礼堂前合影

领土一省一省地被敌人侵占，人民千万又千万地被敌人奴役，城村一处又一处地被敌人血洗，侨胞一批又一批地被人驱逐，一切内政外交处处被他人干涉……

同胞们起来！为祖国生命而战！为民族生存而战！为人权自由而战！

钱三强读罢，顿觉热血沸腾。他拍案而起，于12月16日清晨，冒着零下二十摄氏度的严寒，参加了爱国学生控诉反动军警的大游行。

"为民族生存而战"！"为国家独立而战"！"为领土完整而战"！钱三强打着横幅标语走在最前列。何泽慧则紧随其后。

天桥，汇集了一万多学生、两万多市民。抗议大会开始了，清华大学学生会主席黄诚，健步登上一辆停驶的电车，发表了慷慨激昂的演说。他指出，华北垂危，祖国面临生死存亡的危险形势，号召"反对华北自治的傀儡组织""收复东北失地"等，而后到外交部大楼示威、请愿。

当钱三强走在回家的路上时，天色已近黄昏，饥寒交加。他快步朝家门走去，远远瞧见了父亲的身影。回到家来，三强扑进妈妈的怀里，流出了痛恨的泪水。

妈妈告诉他："你迟迟不回家，你爸爸连饭都吃不下，他一直等着你呢！"

三强顿时感到，敬爱的爸爸和青年人的心是相通的。

几天以后，爸爸与三强有一次终生难忘的对话。爸爸问三强："偌大一个中国，近百年来，为何老是遭受洋人欺侮？"

"中国太落后了"。三强很干脆地回答。

"咱们的祖先不是有过四大发明的光辉历史吗"？

"因为近百年来，西方科学技术发达了，中国又闭关自守，犯了自大狂"。钱三强思忖了一会儿，回答着父亲。

"你说的对。我们犯了自大狂。我们像是一个离开了泥土的巨人安泰，我们瘫痪无力了"。钱玄同十分动情地接着说下去："我们现在必须把两只脚重新站立在泥土上，承认自己在科学技术方面落后了，该迎头赶上去。你们现在努力读书，就是为了将来更好地救国啊！"

钱三强谨遵父训，重新回到了清华大学的课堂上，用功读书，一如既往。

泽慧也向钱三强提出了同样的问题："我们为什么总是挨打？"

　　"因为我们落后。弱肉强食，残酷的竞争，这就是目前的资本主义世界"。钱三强义愤地说道。

　　"面对这种落后挨打的残酷现实，我们再也不能沉沦下去了。我们要发愤读书，用我们自己的知识和力量改变我们的国家"。何泽慧心情激动地说道。

　　何泽慧是一位非常刚强的女孩子，她与钱三强的谈话总是很投机。因为二人总是志同道合。

　　眼看他们就要毕业分手了。一天，何泽慧落落大方地走到三强的身边。他依旧独自伏案读书。于是，她默默地坐在他对面的座位上，问他毕业以后干什么。三强头也不敢抬，嘴也口吃起来，半天没能回答出她的问题。最后，她有些赌气地站起身离去了。但是，何泽慧又停下脚步。她回转身，用那双长着长睫毛的大眼睛，脉脉含情地注视着他，良久，才转身走了。

　　爱情犹如美丽的花木，在不成熟的时候，只会生叶发芽，而不会开放美丽的花朵。钱三强与何泽慧，就这样为了各自的理想将美好的爱情深深地埋藏于心底。

　　当年，学校当局重男轻女的封建残余思想很严重，尽管何泽慧学业成绩优秀，但拒不为她这个女同学分配工作。钱三强被著名物理学家、北平物理研究所所长严济慈选中，走向科学实验第一线；同班同学王大珩由周培源先生亲自送到南京弹道研究所，从事他所热爱的职业。可是，何泽慧却苦于就业无门。就在她焦虑之时，有位山西老乡传递给她一个信息：阎锡山有个承诺，凡山西籍的学生在国立大学毕业后，他出资3 000元，资助出国留学。因为当时德国马克较为便宜，何泽慧便用阎锡山资助的这笔钱，选择了赴德国柏林高等工业大学技术物理系攻读博士学位。她出于抗日爱国热忱，毅然选择了"实验弹道学"。

当年，科学院的每一个研究所总共不过十来个人，经费也少得可怜，但人员素质却非常之高。钱三强的导师严济慈，早在20世纪20年代便留学法国，在巴黎大学获得博士学位。以后又在法国从事科学研究多年，在现代物理学领域有骄人的成就。

钱三强第一次与严济慈见面，还真有些拘束。这位在物理学界享有很高威望的所长，笑微微地说："你的毕业论文写得很不错嘛！"严济慈刚一见面就对钱三强给予鼓励。接着，他又问道："今后在所里从事研究工作，你有什么想法呀？"

三强知道，这位所长在光谱学研究方面做出了卓有成效的贡献，便回答说："我喜欢实验物理，特别是喜欢分子光谱。"

这次谈话之后，严济慈尊重钱三强的选择，给他

送牛到爱

的选题是研究分子光谱。几个月下来，他不仅熟练地掌握了几台光谱仪的操作，还学会了照相。

当时研究所的助理研究员每人还要担任一项服务性的工作。钱三强兼做图书管理员。这正好遂了三强酷爱读书的心愿。他按照严济慈给他开的书目，挤时间如饥似渴地读书。与此同时，他把学习光谱学、分子结构学与光谱实验相结合，踏踏实实地向分子光谱研究的纵深领域摸索、探求。他很快拍摄到了一批清晰的光谱照片，并在显微光谱仪上画出了光谱分布图。

1937年初春的一个星期六的下午，钱三强正在图书馆看书，严所长兴致勃勃地走来，对他说："听说你过去在中学学过法浯，现在还记得吗？"

"忘了不少，若是查查字典，还可以看看文献"。三强问答说。

"那好，我来考考你的法文程度"。

说话间，严济慈从书架上选了一本法文杂志，让钱三强念一段，翻译一段。

虽然钱三强念得有些结巴，也没有完全译对。但严济慈还是满意地点了点头，笑微微地说道："还行啊，你把手头的工作放一放，准备留学考试吧！"

严所长经过一番突然袭击式的考试之后，才放心地亮出了"底牌"。

原来，严济慈得知中法教育基金会招考公费生到法国留学。共三个名额，其中有一个名额是到居里实验室攻读镭学。严济慈慧眼识英才，有意送钱三强出国深造。

两个月以后，钱三强如愿以偿，通过了留法考试。他将赶赴法国大学居里实验室攻读博士学位，并从此与核物理结缘。

居里实验室是世界上最著名的实验室。创建这个实验室的居里及其夫人玛丽，于1898年先后发现了钋与镭，开创了镭射治疗肿瘤的新篇章，给人类带来了福音，从而获得了1903年度的诺贝尔物理学奖。1911年居里夫人又因分离金属镭成功，第二次荣获诺贝尔化学奖。居里夫妇先后去世以后，居里的女儿伊莱娜和女婿约里奥夫妇俩继续领导这个研究所工作。当时正是原子科学面临重大突破的前夕。1934年约里奥-居里夫妇发现人工放射现象，丰富了人们对原子核的了解，并且开辟了放射性同位素的广泛应用，从而获得1935年度的诺贝尔化学奖。

钱三强有机会到居里实验室学习、工作，从而将向着20世纪30年代迅速发展的前沿科学——原子核物理学进军，他感到无此兴奋，无比激动。他突然想到，如今他心目中有两位漂亮的"女神"，一位"女神"是何泽慧；另一位"女神"则是原子物理。他以为，终生与这两位"女神"相伴，那么，他将是世界上最幸福的科学家。

留法考试开始了，钱三强满怀信心地走进考场。

一连考了三天。考数学、物理、外语(法文、英文都可以答卷)和语文。每考一门就是闯一道关，一关通不过，就会全线败退。

考完第三天，三强泄气了。自我感觉语文没有考好。他知道文言文是自己的弱项，这是受父亲影响的缘故，因为父亲提倡白话文，在家里很少接触文言文，更没有用文言文练过写作。

这次留学考试，正是南京政府刮复古风的时候，要求写一篇白话文，一篇文言文。钱三强断定自己文言文的成绩很糟，留法的希望可能要破灭了。

留法考试半个月后的一天，钱玄同在学校接到严济慈的电话，让三强到他家里去一趟，说是要谈谈关于留法考试结果的事。

严济慈在客厅迎候三强，一见面就开门见山地说："这次留学考生中，你和另外一位的成绩不错，两人不相上下。他的文言文写作比你强，但物理不如你。外文成绩，他考的英文，你考的法文，都是符合要求的。经过考试委员会研究，决定录取你。你就做启程准备吧。"

严济慈还告诉三强，他6月底也要到巴黎去。

"能在巴黎见到您吗"？三强希望在异国他乡见到他的导师严济慈。

"完全可以。我要在那里逗留几个月，参加几项活动，先出席国际文化合作会议，然后应邀参加法国

钱玄同先生1926率全家于中央公园聚会

物理学会理事会。还有，我的法国老师范勃理要退休，要举行一次庆祝活动，也是要参加的"。严济慈介绍了他这次法国之行的安排。

严济慈第一次去法国，是1923～1927年，先后在巴黎大学获得硕士学位和博士学位。他第二次去法国，是1928～1930年，在范勃理实验室从事科学研究。

当钱三强把录取通知书递到父亲钱玄同的手中时，父亲的脸上，只在刹那间掠过一丝欣喜，而后，便是好一阵的沉默。许久，他叹了口气说："如今是国破山河碎，即使学到西方先进的科技知识，也怕是将来报国无门啊！"

钱玄同教授的担忧不无道理。近年来，华北的局势动荡不安。1936年8月，日寇开始侵略绥远。傅作义率部在怀柔奋起抵抗。中华健儿，勇敢抗击日寇，前仆后继，给日寇以迎头痛击，显示了中华民族抗击侵略者的坚强意志。

北京大学校长胡适为这次抗击日寇中英勇牺牲的战士题写了"中华民国华北军团第五十九军抗日战死将士墓碑"的碑文，由钱玄同亲手书写。墓碑立在大古山下的公墓前。墓碑建起以后，为了隐藏革命纪念物，傅作义又在墓碑上加了一层迹盖，上刻"精灵在兹"四个字。这件事激励了全国人民。不久，日军侵占我秦皇岛，节节进逼平津，中日签订了屈辱的《塘沽协定》。钱玄同愤怒至极，平时谈话，每每提到日本，使用"我们的敌人"来代替。父亲对日本侵略者疾恶如仇、势不两立的态度，对三强有着深刻的影响。

可是，意想不到的事情发生了——就在钱三强动身去巴黎之前，发生了震惊中外的"七·七"事变。

随着卢沟桥枪声响起，北平，这座文明古老的都城，一夜之间，处在了战争的前线，枪炮声震撼着每一个市民的心。

危在旦夕的形势，使三强不得不对赴法留学的计划作重新考虑。眼看日本帝国主义的铁蹄已经踩到了中国人民的脊梁上！我，一个中国热血青年，能在这时离开自己的祖国去求学吗？

三强心里也牵挂着自己的家。让他最放心不下的，就是他的父亲。

刚过五十的钱玄同，身缠两种疾病：一种是高血压，还出现血管硬化；另一种疾病是两条腿走路颤抖、打软。父亲曾不止一次地讲述过，说这两种疾病，是旧教育方式给他留下的祸害。

父亲四岁的时候，就会背诵许多古典诗词，被家人誉为神童。稍大一些，在与兄长比赛背书、习字时，他总是第一，又被誉为小状元。于是，祖父便对父亲

1936年清华大学物理系毕业生合影

加以特殊培养。每天晚上睡觉前，必须站读两个小时的书，否则不准上床。由于人小，发育不成熟，长此下来，伤了筋骨。到了中年以后，就未老先衰，再也离不开拐棍了。

"七七"事变第二天，父亲耽于时势，高血压病突然加重，头晕目眩，只好躺倒在床上。

三强同样也担心母亲。母亲一生饱经痛苦。父亲多病，又事业繁忙，全家人的日子，靠着她一个人操持。人到中年，母亲患了子宫颈肿瘤，在协和医院用镭照射。有一阵子，母亲病情加重，医院下了病危通知，家里连寿衣都做好了。那时候，父亲丢下一切工作，成天陪伴着母亲。

后来，母亲终于活过来了。从此，家里又恢复了欢乐和宁静。

钱三强塑像

母亲对子女的体贴无微不至。她平时喜食素食，到了周末，大家都从学校回家了，她就炖一锅排骨或牛肉，有荤有素，给大家补补身体。可是，她自己却一直亏着自己。母亲明显地苍老了。

三强想到自己已是二十多岁的男子汉了，不能在父母需要的时候守在身旁，将会终生遗憾。

三强踌躇了。他准备给已经去法国的严济慈发电，告诉他国内发生的情况。

知子莫如父。钱玄同从三强的沉默中，猜出了他的心思。必须得抓紧谈一谈。

7月11日傍晚，钱家居住的四合院像往日一样安静，微风吹来，树叶轻轻摇动，客厅外面的廊檐下，摆放着一把藤椅，旁边有一个木茶几。这里是钱玄同小憩的地方。这一天，钱玄同招来长子秉雄、三子德充，与临别前的钱三强进行了一次永生难忘的对话。钱玄同问三强："赴法国之前还有什么话要说吗？"

蘑菇云之梦
——核物理学家钱三强

三强低着头，不知怎么说好。

"二弟对二老有些放心不下，正在犹豫"。大哥秉雄帮三强把心思说了出来。

"有什么可犹豫的呢"？钱玄同问道。

"'七七'事变以来，北平城外枪炮声不断，日本飞机常在头顶上飞来飞去，眼看仗就要打起来了，我怎么能走呢"！三强说话间显得心情沉重。

"一个弹丸之地的日本，敢对我们大中国发起侵略，是因为什么？还不是因为我们国家落后嘛"！钱玄同说着，情绪激昂起来："'一二·九'时，你们不是高喊为民族生存而战，为国家领土完整而战吗？凭什么，就凭我们这些躯体？"

钱玄同目光扫过三个儿子，落在三强的脸上，继续说："人多可以是大国，但未必是强国。要使自己的国家强大起来，必须有先进的思想，先进的科学。否则，只能任人宰割。你现在出国学习，不正是将来报效祖国，造福社会的好机会吗？"

这时，钱玄同长长地叹息了一声，接着说下去："在这国难当头之际，留在家里又能怎样呢？一同受难？于国于家又有什么好处呢？"

三强用哽咽的声音回答父亲说："爸爸，您说的道理我明白了。我担心的是，一旦战争打起来，您的身体这样虚弱，全家人的生计也有困难，谁知道会发生什么事。"

气氛一阵沉闷。父亲强忍着悲伤的感情，把话题转向了法国。他说："巴黎是世界文化名城，可惜我没有那份机缘。你到了那里，先要适应环境，不能生病，一个人在外生了病很麻烦。至于我的身体，多年病病歪歪，不必在意。你们的祖父和伯父都活了七十四五岁，我想我活到六十多岁是有可能的。"

秉雄以长子的身份宽慰父亲："爸爸，您对自己的身体不必多虑，平时多注意些就好。"接着，又以兄长的口气安慰三强："二弟，你不用牵挂家里，爸爸、妈妈有我和德充，还有你嫂子，只管放心。至于发生战争的莫测，那不是一家一户的事。真有什么战事发生，我们也一定尽全力照应好一家人，等你回来全家团圆。"

将要踏上赴法留学的征程了，钱三强留恋家庭，留恋北平，也留恋北平那古朴典雅的胡同，那幽深的四合院。

这一次的别离，是钱氏父子生命中的一个里程碑啊！

父子二人久久地默默地对视着。

1937年7月，24岁的钱三强踏上了留法求学的征程。

这一去便是10年。这期间，多灾多难的祖国，正遭受着日本帝国主义的蹂躏，泱泱大国濒于绝境。

钱三强站在远洋客轮的甲板上，面对着浩渺无边、波涛壮阔的大海，心潮澎湃。

投师居里夫妇

钱三强于1937年8月走进了法国核物理的最高学府——巴黎大学镭学研究所居里实验室，成为世界著名核物理学家约里奥-居里夫妇的学生。

经过一个多月的旅途奔波，钱三强来到了具有世界花都之称的法国首都巴黎。

1937年8月，国际文化合作会议在巴黎召开。严济慈教授作为中国代表，应邀出席。在会议期间，他迎来了远涉重洋的钱三强。严济慈安顿好钱三强以后，要三强到巴黎各个景点看一看。他告诉三强，有"世界花都"美称的巴黎，拥有世界闻名的博物馆卢浮宫，著名的埃菲尔铁塔，还有美丽的协和广场……待会议休息时间，再带三强去见居里夫妇。

在等候严济慈引荐的两天时间里，钱三强有幸浏览了巴黎著名的风景点。他想到的是，要在第一封家信中，介绍初见巴黎的印象。他要和全家人一起分享这份幸福。

信刚刚写好，严济慈便来敲门了。严济慈眉开眼笑地说："走，我领你去拜见你的老师。赶快整理好行李。"严济慈父问道："三强，你知道你的导师是谁吗？"

三强摇了摇头。严济慈笑微微地说："你的导师就是居里夫人的女儿伊莱娜·居里。这真是你的运气。"

这一天，严济慈领着钱三强到巴黎大学镭学研究

蘑菇云之梦
——核物理学家钱三强

钱三强

所居里实验室去报到。伊莱娜·居里身穿白色工作服，在实验室后面一个鲜花盛开的小花园里接待了远道而来的两位中国客人。

通过简短而融洽的交谈，伊莱娜对钱三强的法语对话能力和学识水平是满意的，对曾获法国博士学位的严济慈先生亲自引荐人才尤为高兴。她同意做钱三强的导师，并亲自指导这位年轻人完成博士论文。

钱三强终于幸运地走进了法国核物理的最高学府——巴黎大学镭学研究所居里实验室，成为世界著名核物理学家约里奥-居里夫妇的学生。

钱三强的聪慧与实干，深得伊莱娜·居里的赞赏。不久，她推荐钱三强到原子核化学实验室工作。由法国政府拨款建立起来的这个核能研究室，仪器设备齐全而先进，这里有着欧洲大陆第一台回旋加速器。伊莱娜·居里的丈夫——约里奥-居里就在这个实验室主持工作。这样，钱三强就同时在两个实验室工作。

这一天，伊莱娜对钱三强说："约里奥很相信你。他正在进行云雾室的改进，他认为你可以成为他很好的助手。不知你是否同意？"

"我很愿意成为约里奥先生的助手"。钱三强回答说。

"这样吧，你的博士论文就从约里奥实验室的工作开始，由我们共同来指导完成。好吗"？

钱三强惬意地点了点头："我一定好好干！"

法兰西学院核化学实验室与巴黎大学居里实验室之间的距离，仅一千米之遥，快步走十分钟便可到达。

在法兰西学院原子核化学实验室，钱三强见到了约里奥–居里先生。这位著名的核科学家是一位非常典型的法国人，身材魁梧高大，性格热情奔放。他非常喜欢与助手交谈，善于抒发自己的感情。用他自己的话来说，就是不愿意把话闷在自己的肚子里。与人交谈，是他的乐趣。他没有那种大科学家的架子，而且和工人合作得很好。有时还与工人讲些法国土语，很开心。看得出，他对自己所从事的核能研究，有着一种狂热的痴迷。

第一次见面，约里奥便开门见山地向钱三强交代了工作意图："我想对云雾室作两种改进。一是改进充气的压力，使压力可以调节，这样测量粒子的能量范围也就可以调节了。另一项改进，是把膨胀速度放慢，使有效灵敏的时间拉长，这样，一次实验就可以获得较多的实例。"

三强认真作谈话记录，同时，他也开始考虑必要的细节。

云雾室，是一种研究原子核粒子轨迹的基本设备。

外形设计成一个箱室。在箱室内模拟自然界，让充满酒精的蒸气达到饱和，出现云雾，形成云雾室。做实验时，当带电粒子通过云雾室内的气体时，会出现一串带电的离子，沿着离子的轨迹形成滴液，使带电粒子的轨迹清晰可见，以便进行观测和研究。

以前，原子物理方面的许多新进展，多是通过云雾室观测发现的。

过了一段时间，约里奥到实验室来查看，只见云雾室的主要结构件都加工好了，钱三强正在进行组装。

约里奥惊讶了。他发现最难加工的金属底盘、金属网、金属丝，都加工好了，真不敢相信。

"这都是怎么制作出来的？都是你干的"？他兴奋地询问钱三强。

"我画好图纸、制作成样品后，到工厂去请金工师傅加工的"。钱三强回答。

"工厂在哪里"？

"在巴黎郊外。那里有很好的设备，工人们也很热心帮助"。

约里奥很欣赏这样的科学青年，能想出办法来解决遇到的问题，而且踏踏实实，从不张扬。

约里奥居然少有地在公众场合表扬了自己指导的学生钱三强。

新的云雾室制成了，并且达到了预期的目标。

新的云雾室刚制作成功，约里奥又提出了一个想法："能不能再设计一个自动照相的系统，把粒子轨迹自动拍照下来？"如果实现自动拍照，记录瞬间出现的粒子轨迹，那可就方便多了。

没过多久，钱三强创造性地制造成了一台同云雾室相匹配的自动照相机。

从此，约里奥-居里对钱三强更加器重。

目击地球村的核裂变

1939年，伊莱娜带领钱三强做了有关核裂变的一系列试验。由伊莱娜做放射源，钱三强用自己设计并制造的云雾照相机拍照，并作观察分析。这次师生合作，发现了铀和钍受中子打击后所产生的裂变反应。人类从此进入了原子能时代。

伊莱娜·居里是一位勤奋、聪颖、娴静的女性，从外表看，似乎给人一种冷若冰霜的感觉。其实，她内心却蕴藏着善良的同情心。她那饱满的前额和智慧的大脑，很像她的妈妈。那双聪敏的大眼睛，似乎能

钱三强

望穿一切事物。

约里奥则是一个活泼、敏捷、热情、乐观而又非常刚强的男子汉，这同伊莱娜·居里的性格恰好形成了鲜明的反差。然而共同的事业把两个性格截然不同的科学家连在了一起。他们相敬相爱，相辅相成。

钱三强对两位老师都很喜爱，都很尊敬。

钱三强也很快把两位老师主持的两个实验室的各种设备和性能都掌握了。自然，这里的设备和科研人员都是世界一流的。钱三强感到每天都有新的收获。工作起来，他的心情是愉快的，只有每到夜晚，从报纸上看到上海失守、南京沦陷的消息，才陷入深深的悲愤和怀念之中。父母亲年迈多病，身在沦陷区，不知会遭受什么样的不幸?这样的思念，常常使他彻夜难眠。

不过，每当他走进实验室，总是把悲愤默默地压在心底，化作忘我工作的力量。这一切瞒不过约里奥-居里的眼睛，他时常在工作的闲暇时间走近三强，和三强谈心："钱，你要多想乐观的事。中国的抗日战争，是正义的。人民虽然遭受苦难，但胜利一定属于中国人民。"

那是初春的一个下午。约里奥做实验，由三强帮他洗照片。这是几张非常重要的照片，约里奥希望通过这几张照片得出新的成果。两个人在暗室里显得很兴奋，谈笑风生。可是，就在这当儿，意想不到的事情发生了，钱三强把显影液和定影液的位置放颠倒了，其结果是，几张照片全部作废，他二人数十天的实验化为乌有。

"唉"！约里奥长长地叹了口气。

"白搞了！怪我一时马虎"。三强痛苦地自我责备说。

"这样的事，我也发生过。越是重要的工作，越容易出错。这是因为精神太紧张的缘故"。约里奥非常温和地安慰着三强。

"唉，这实在是不该发生的错误呀"！

"既然是工作，错误嘛，随时都可能发生。不要叹息，回去吃顿饱饭，睡个好觉，明天咱们从头来"。尔后，约里奥又劝慰三强说："在长期的紧张工作中，出现今天这样的小插曲是免不了的。"

失败是成功之母。

1939年1月的一天，约里奥在钱三强工作室对面的可变压力云雾室进行工作。他突然兴奋地叫着："钱，快来看!"

三强连忙跑过去，只见约里奥手中刚冲出的胶片还没干，他兴奋地指着上面的图像说："你看，裂变现象果然出现了!"

这就是世界上第一张直接在云雾室拍下的铀受中子轰击时产生裂变碎片的照片。这张照片，直接显示了裂变现象。看到这样的裂变现象，钱三强比看到任何美丽壮观的景色都更为激动，因为他开始懂得裂变的伟大意义。

钱三强刚刚踏上科学之路，就耳闻目睹了世界科学史上这个重大发现。这些宝贵的经历，对他了解科学工作的规律，拓展自己的科学眼光，起到了重要作用。

核裂变发现不久，钱三强幸运地参加了一项验证核裂变概念的研究工作。

那天，他正在跟约里奥先生组装一个新的云雾室，伊莱娜突然来了。

"怎么样，钱跟我合作一个项目好不好"？她对钱三强说。

"当然好啊"！三强高兴极了。

"从近一个月的情况看，核裂变确实存在。但是，需要进一步验证核裂变概念的正确性"。伊莱娜讲述着自己的设想。"放射源由我做，测量和统计工作由你来做"。伊莱娜交代说。

钱三强在云雾室动手做准备工作。开头，伊莱娜每天都来看，问问有什么问题。由于三强作风非常严谨，伊莱娜对他的工作很满意。

伊莱娜带着钱三强做了验证有关核裂变的一系列完整试验。由伊莱娜做放射源，钱三强用自己设计制造的云雾照相机拍照，并作观察与分析。这次师生合作，发现铀和钍受中子打击后可得到"镧"的放射性元素。也就是说他们发现了铀和钍的裂变反应。他们的这一发现，后来被众多科学家证明和认可。这个重大发现，使人类对核科学的研究，进入了新的时期。人们兴奋异常。钱三强从实验室走出来，直奔他在巴黎的好友汪德昭的寓所，怀着喜悦的心情说道："我亲爱的德昭，你知道核裂变释放的能量有多么重要的意

在德国留学的何泽慧（右）和姐姐何怡贞

义吗？这种能量，倘若有一天被用来为人类服务，那
该是多么好的事情啊！"

汪德昭却显得很镇静："你想过吗？这种能量如果

有一天被人类用来制造武器，那后果就会不堪设想！"

汪德昭的话果然应验了，钱三强与导师所证明的核裂变，很快被美国制成了杀人武器，并且在日本的长崎和广岛造成了不堪设想的后果。

1940年，钱三强获得了法国国家博士学位。

1940年，德国军队在西线发动闪电攻势，4月侵占了丹麦和挪威；5月侵占了荷兰、比利时和卢森堡，进而攻入法国本土。

希特勒集中了142个师的兵力（其中包括10个装甲师），首先从法国北部的阿布维尔到莱茵河上游展开进攻。

法国的精锐部队，在比利时战场消耗殆尽。以致法国军队作战的兵力，只有65个师，不及德国的一半。众寡悬殊，德军就像洪水一样涌来。

6月10日，法国政府撤出了巴黎。14日，巴黎沦陷，埃菲尔铁塔上高高悬挂起了卐字旗。拥有二三百万军队、号称欧洲最大军事强国的法兰西，仅仅抵抗了42天，便被打败了。17日，贝当元帅命令法国军队投降。这位第一次世界大战的英雄无奈地说："为了减轻法国人民的忧愁，除了向德国放下武器以外，别无他法。"

就在贝当宣布投降的第二天，法国人民听到了另一个声音："我是戴高乐将军，我现在在伦敦……无论发生什么事，法国抵抗的火焰不能熄灭，也绝不会熄灭。"

戴高乐原来是被贝当政府宣判为死刑的人，却受到法国人民的尊敬和爱戴，法国民众纷纷捐献金银首饰等各种财物，支持戴高乐领导的"自由法国"运动。

法兰西没有沉沦，抵抗的火焰到处在燃烧。巴黎处在战乱之中。

这期间，英国军队也被迫撤出西欧大陆。此后，德国加紧侵略东南欧各国。意大利乘机夺取英法在地中海和北非的殖民地。1941 年 6 月 24 日，德国撕毁《苏德互不侵犯条约》，突然进攻苏联，爆发了更大规模的苏德战争。英、美同苏联结成反法西斯联盟。12月 7 日，日本偷袭珍珠港。英、美对日宣战，德、意对美宣战，太平洋战争爆发。

战火在燃烧，在蔓延，战争的乌云笼罩着全球。

在这种形势下，位于巴黎市中心的居里实验室自然是在劫难逃。不久，居里实验室被德国法西斯军队接管。约里奥-居里夫妇全家已经离开巴黎，准备去英国。

巴黎到处一片混乱。钱三强好不容易找到了一辆自行车带了简单的行李，跟随难民潮匆匆南逃。

敌机在难民群中时而盘旋，时而狂轰滥炸，人们前仆后继，掩埋好被炸死的亲人，继续向南逃去。

　　夜晚，人们睡在大路上。路边一所房子，空空荡荡的，却没有人敢住。唯有钱三强躲进去，暖暖和和地睡了一夜。天亮爬起来才听人说，这里原来是法军刚刚撤空的军营，是德国飞机攻击的目标。钱三强听了，不禁心中一悸：好危险呀！

　　随身带的面包早已吃光了，他到地里拔了两个胡萝卜，既充饥，又解渴。他想到，德军是从北面攻来的，过了奥丽阳大桥，进入南方就会安全了。

　　快到奥丽阳大桥时，钱三强遇上了他清华大学的一位师兄张德录。他乡遇故知，自然是苦难中之大幸。两人亲如兄弟，结伴南行。张德录赴法留学是学习应

1947年钱三强与何泽慧在巴黎留影

用物理的，已经参加法国军工厂的工作。这次奉命撤退南下，与他同行的还有两位法国工人。于是，便四人结伴同行。

又走了两天，夜晚，他们赶到一个小镇。四个人找了一间铺着麦草的房子睡下了。一觉醒来，忽然听到坦克的隆隆声。他们欣喜地猜想，一定是法国的抵抗部队开来了，那么，他们所投奔的南方就会安全了。

早晨起来出门一看，小镇上到处悬挂着卐字旗，原来是德军的坦克开过来了。他们只好不顾一切地继续向南逃去。走到一个十字路口，遇上了一个德国哨兵，那哨兵吼叫着："滚回去！滚回去！"

四个人找了一个僻静之处，坐下来商量。他们预感到法国的南方也被敌寇占领了，看来只好返回巴黎。这时，钱三强感到浑身无力，举步维艰。

几经辗转，钱三强又回到了德军占领下的巴黎。他痛苦地徘徊在巴黎弹痕累累的大街上，想到自己的祖国正在遭受日寇的侵略，来法国求学，又赶上了希特勒的大屠杀。三年公费资助业已期满，工作没了着落。在巴黎举目无亲，无可投靠，眼看连吃饭都成问题了。

那天，钱三强又来到他所依恋的居里实验室。门前，只见大门紧闭，他伤感地在门前徘徊……突然，在不远的地方发现了约里奥先生。

"你怎么还在这儿？"约里奥先生惊奇地问。

"我逃不出去了！"在患难中遇见了亲人，钱三强既欣慰又心酸，倾诉了自己的一腔苦水。这时，他才知道约里奥–居里夫人带着两个孩子逃到南方去了。约里奥先生非常亲切地对钱三强说："只要我们还能工作，一定要让你回到实验室来，并且得到生活上的保障。"后来，钱三强才知道，约里奥先生担任法国国内抵抗战线的副主席，领导教育科技界进行反法西斯斗争。

交谈中得知，约里奥是8月9日回到巴黎的。四天后，德国人在他的实验室里约见了他。约里奥清楚，德国人自己没有能力建造回旋加速器，现在又急于获取研制原子武器的材料和数据。这项科技成果一旦被德国人掌握了，那将是十分危险的，其后果不堪设想。

德国人没有从"约见"中得到他们所需要的口实，于是变换了另一种方法，他们让约里奥组织科学家为他们的需要服务。所以，约里奥的实验室又有人上班了。钱三强和一些同事又相聚在一起，继续研究原子物理学，然而，那是在德军荷枪监视之下。

实验室成了与敌人斗争的前线。

9月26日，伊莱娜带着孩子们回到了巴黎，他们重新搬回曾经被德寇占领的安东尼镇的那所别墅。

为了不让德国人达到目的，在约里奥安排下，研究人员紧密配合，频频制造事故，常用的办法是：每当实验进行中，法国机械师台尔曼趁荷枪德军不备，偷偷地关掉冷却系统的水龙头，引起机器发热，使绝缘体被烧坏，实验不能进行下去，只好停机检修。

"事故"总是不停地发生……巧妙的斗争，把德国人一直蒙在鼓里。

匈牙利的核物理学家利奥·西拉德曾经写信给约里奥，嘱托他说：

> 亲爱的朋友，我请求你不要公开发表关于核裂变的任何研究成果。因为这将会导致制造原子弹。这是极端危险的，如果落在某些政府手中，其后果将不堪设想……

岂知，早在英、法对德宣战前两个月，约里奥就在法国国家科学院存放了一份封好的文件。这份文件论述了"用含铀的媒介物造成一个无限的链式反应的可能性"。这应该说，原子弹爆炸的理论设计早在1939年7月便由约里奥初步设计出来了。但是，当年的约里奥却不知道世界各地有许多著名科学家在为这件事

1948年春钱三强回国前夕在巴黎与约里奥·居里夫妇合影

蘑菇云之梦
——核物理学家钱三强

奔波操劳；当然，那些为原子弹爆炸急于进行理论设计的人们，也不晓得法兰西学院约里奥实验室早就紧握了这柄足以震撼世界的利剑。

约里奥更不知晓的是著名的科学家爱因斯坦已经向罗斯福总统写出了那封著名的信，要美国尽快造出原子弹以对付德国法西斯的强盗行径。

当年，科学家的良知使得约里奥自觉地采取了防范措施，以阻止纳粹集团掌握核武器。约里奥心里明白，要做到这一切，是要冒很大风险的，甚至可以丢掉生命。但是，为了保护人类命运，他无所畏惧地担负起了这一光荣使命。

当年，种种特殊的恐怖，一次又一次地向约里奥袭来。

巴黎的七座犹太人教堂，在一天之内，有六座被炸毁。

恐怖和镇压日趋加剧，逮捕和枪杀屡屡发生。约里奥的处境变得越来越困难。但是，他却毫不畏惧，坚定地担任了法国争取自由独立战线的主席，并且还担任了法国全国大学阵线主席，秘密地领导着抗击德国法西斯的斗争。

一切抗击德寇的活动，都是在盖世太保的眼皮底下进行的。约里奥尽管非常信任钱三强，但有些危险钱玄同先生与全家合影，右起，五子钱德充、钱玄同、长媳徐幽湘、夫人徐婠贞、长子钱秉雄、三子钱三强。

事情尽量不交给他。比如，实验室常要为抗德特工队改装武器和制造爆炸装置，并秘密地送给地下的抗德特工队。这种转送武器的工作便不会交给钱三强去做，因为他的肤色不同，唯恐引起盖世太保的注意。

约里奥所从事的抗击德寇的活动，所以能够顺利进行，还有一个特殊原因——约里奥的同事亨利·穆勒于1941年6月被盖世太保任命为警察局控制的巴黎市实验室主任。穆勒对约里奥十分敬重，同时他也清楚地看到，德国法西斯的寿命不会长久。因此，他很坚决地给予约里奥许多帮助。每逢星期日的下午，穆勒总要到约里奥的家中来探望，并带来对特工队很有用的情报，有时候还用手提包提来炸药、雷管和无线电通信器材。这对当年的特工队来说，真是雪中送炭啊!

抗德特工队当年所进行的艰苦卓绝的斗争,正是因为有了约里奥在情报和军备等方面的支持,才取得了一次又一次的胜利。

钱三强在实验室还曾经隐匿过一名犹太小姑娘。这位小姑娘的哥哥曾经作为约里奥的助手在实验室工作。德寇占领巴黎以后,这位犹太籍的科学家已逃往英国,在英国海军服务。钱三强和同事们一起,将这位犹太小姑娘在实验室里隐藏了很长一段时间。

一天下午,实验室里突然闯进几十个荷枪实弹的法国宪兵,指名道姓地要抓走这个犹太小姑娘。

宪兵头子首先询问约里奥:"你把犹太小姑娘藏在了什么地方?"

约里奥镇定地摇摇头:"从未见过。"

宪兵头子转身询问钱三强:"犹太小姑娘在哪里!"

钱三强学着老师的榜样,镇定地摇摇头:"从未见过。"

"藏匿犹太人,是要杀头的"!宪兵头子吼叫着威胁钱三强。

他们一面吼叫,一面到处搜查。

钱三强与伊莱娜一起,把小姑娘藏在了实验室一个非常隐蔽的角落里。德国宪兵搜查了几遍,硬是没

中国的居里夫妇——钱三强与何泽慧

有找到，只好怏怏地离去了。

不久，约里奥设法将多病的伊莱娜和两个孩子以及那个犹太小姑娘由抵抗组织的游击队护送，越过汝拉山脉，进入瑞士。

约里奥也从此转入地下，暂时停止了科学实验，集中全部精力抵抗侵略者。

钱三强与同乡张德录商量，趁着开往远东的客船尚能通行，准备去里昂等船，争取回国。

当年，德寇控制得很严，从巴黎到里昂也需要特别签证。

当钱三强和张德录好不容易辗转到了里昂，由于太平洋战争日渐激烈，开往远东的客船停运了。无奈，

蘑菇云之梦
——核物理学家钱三强

钱三强只好滞留里昂，并在里昂大学参加科研工作。

里昂大学物理系教授莫郎先生因敬仰约里奥–居里夫妇的科研成果，所以对钱三强也很器重，委托钱三强指导两个大学生的毕业论文。

1942年秋，伊莱娜来到法国南部高山区疗养，钱三强前去看望。伊莱娜得知钱三强暂时不能回国，而里昂的工作条件又远远赶不上巴黎，便建议钱三强重返巴黎，利用巴黎两个实验室的设备，可以继续从事核科学的研究。伊莱娜并帮助钱三强办理了从里昂到巴黎的通行证。

钱三强于1942年底又回到了居里实验室和法兰西学院核化学实验室。在两个实验室工作期间，他依旧尽力帮助从事地下游击战活动的约里奥开展抗击德国法西斯匪徒的斗争。

每当他看到飘扬在巴黎街上的卐字旗，便不由得联想起北平炮楼上的膏药旗；每当他看到法西斯统治下失去自由的法国人，便不由得联想起遭受日本帝国主义奴役的祖国同胞。

世上只有母亲好

钱三强把伟大的祖国比做亲爱的母亲，认

为"世上只有母亲好"。他认为，欧洲尽管很美，但还是祖国的山河最壮美。

钱三强非常孝顺他的母亲，因为自己的每一滴血都源于母亲，母亲的慷慨慈爱是举世无双的。

钱三强生于牛年，青少年时代学习知识如饥似渴，非常刻苦，表现出一股不达目的不罢休的犟劲。所以，他的父亲钱玄同风趣地说："这孩子是属牛的，还真有股子牛劲呢！"

正是靠了这股子牛劲，钱三强登上了物理科学的殿堂，成为举世闻名的核物理学家；正是靠了这股子牛劲，钱三强义无反顾地于1948年5月2日登上了回归祖国的客轮。

生活了11年的巴黎，再见了！

使他成功，给他荣誉的居里实验室，再见了！

11年来，异国漂泊，经历了人世间最残酷的战乱；

11年的顽强拼搏，使他站在了核物理学的最前沿。

呕心沥血的11年！

卧薪尝胆的11年！

1948年6月10日，久别祖国11年的游子钱三强回来了！

在等待行李期间，钱三强偕同妻子女儿回到原籍浙江湖州拜谒了父亲的墓地，而后在岳母家住了近一个月。

来到湖州父亲的墓地，只见父亲的墓地上，绿草葳蕤，他想那是父亲生命的延续，是父亲崇高灵魂的表白。他认为父亲尽管长眠在地下，但却平静地向后人昭示着一个真理：一个人活在世上，其目的在于改变自然，改变社会；一个人终其一生是要在自然界，在社会上留下个人的足迹。尽管父亲的晚年是不幸的，但透过历史的云烟，他仿佛依稀见到父亲那亲切的面容。父亲毕其一生，终究在中华大地上留下了"科学与民主"的足迹。此刻，他站在父亲一生最后的驿站处，追思父亲的一生，认为父亲的墓地不仅是一个爱国者栖息的所在，同时，也是为他的后人澄清思想、修补灵魂的地方。站在父亲的墓地上，他所想到的是要像父亲那样做一个有灵有肉、有血有泪的人，他作为伟大的爱国者钱玄同的后代，感到了肩上所应承担的责任，他凭着生命直觉的追求，凭着父亲在他血液里积淀的精神和气质，更加坚定了自己的选择。

钱三强在绍兴，回探了他出生的那个小院。小院里长着两棵枇杷树，枇杷树旁是一口水井。水很浅，俯首望去，可以看到自己的倒影。井口周围砌着青石

1937年清华大学物理系部分师生合影

板，青石板的接缝处，生长着一簇簇碧绿的小草，一派生机勃勃。井水南面，有一条纤细的石径，不长，但幽；不古，却雅。少年时代，每当暑假，随家人回归故乡，他曾一趟又一趟地走在这条小路上。如今，仿佛在寻梦，为思念父亲而寻梦。

他们又从绍兴来到岳母居住的苏州。钱三强热爱生活，热爱故乡，热爱祖国美丽的山河。尽管他在花都巴黎居住了11个年头，但他还是认为祖国的山河最壮美。他爱苏州灵岩山之秀美，爱虎丘山之壮观，爱拙政园之多姿。在苏州，他总爱去那些青石板铺就的小巷里走走看看，那简直是人生的莫大享受。

仲夏，钱三强携妻子何泽慧和祖玄，回到了北平，回到了母亲居住的那个古老的四合院。

"回来啦，他们终于回来啦"！母亲徐琯贞拖着病弱的身体，迎出大门口。老人家眼含泪水，用一双颤颤巍巍的手抚摩着儿子、儿媳，又去抚摩孙女，钱三强再也忍不住悲痛，抱着母亲，伤心得像儿时那样号啕大哭起来。

他离开母亲已经11年了，11年来，母亲变瘦了，变老了，头发变白了。哥哥告诉他，母亲因为思念远方的三强，有时彻夜不能入眠。她老人家时常倚在窗前，凝视着西方的夜空，轻轻地叹息。

在钱三强的心目中，他的母亲是世界上最好的母亲。她是一位典型的东方女性，疼爱儿子，关心丈夫，崇敬祖先。钱三强记得，逢年过节，母亲总是把丰盛的贡品一样样摆上那虚拟的钱氏祖先的供桌，神情庄重而虔诚。

就是在钱三强回到北平以后的这个中秋节的夜晚，母亲依旧坚持亲手摆放了月饼、烧肉、葡萄、鸭梨等贡品。但与11年前相比，母亲的脚步迟缓了，动作不再敏捷。钱三强担心母亲不慎摔倒，走上去小心搀扶着母亲，把一样样供品摆上钱氏的"神主"龛前。

没过多久，钱三强见母亲的脸色变得越来越苍白，咳嗽也愈发厉害，他知道母亲病势加重了。一场咯血后，母亲自知来日不多，便向儿子们一一交代了家事。

母亲没有父亲那样高深的文化知识，但她从来也不皈依一种宗教。凭着一种对生命的感悟，她看破了人的生死大关。她幸福地死在了爱子的怀抱里，死得从从容容。钱三强边凝视母亲那安详的面容边想，母亲在生命最后时刻，会不会想到绍兴那个曾经出生过自己的小院呢？是否想到胡同里通向他家小院的那条曲曲弯弯的石子铺就的小路呢？事实是从那石径走过的儿子已经成人了。无疑，母亲是带着极大的欣慰走的，母亲那善良的心灵一定载着儿子业已取得的科学成就欣慰地离去了。

送别了母亲，钱三强很快走上了工作岗位，担任了北平原子学研究所所长、清华大学物理系教授。何泽慧则在北平原子学研究所担任研究员。

清华大学物理系的同学们听说与世界一流的科学家约里奥-居里合作多年的老校友钱三强要回母校任教，个个兴奋异常，奔走相告。清华大学物理系学生会为了表达他们的喜悦之情，决定召开一次欢迎会，邀请刚从居里实验室学习工作归来的钱三强到会演讲。自然，钱三强也愿意参加这样的一次会议，以老校友的名义，与同学们讲一讲心里话。

对于这次会议的盛况，《中国新闻报》曾做过如下

蘑菇云之梦
——核物理学家钱三强

报道：

> 欢迎钱三强博士从法国归来的海报在清华大学传开来，清华大学科学馆门口随即挤满了同学，大家都以急切的心情，盼望着、等待着他们一向敬仰的钱先生的来临。钟声敲过了七点半，钱先生终于准时来临了。中等的身材，穿着朴素的西装，满面的笑容，使人一见便泛起无限敬仰。

当学生会主席略致欢迎词以后，在掌声中他站起来，开始讲话——

"第一次世界大战结束以后，人们开始认识到科学之重要，开始有了科学机构的建立。第二次世界大战，从一定意义上可以说是一次科学的战争。人们进一步认识到发展科学的迫切性。于是，欧美各国纷纷大规模充实研究机构，增加科研基金，扩大实验室。科研事业的发展，迅速地带动了教育事业的发展。

"这次，我回到祖国以后，看到国内科学界的情形与我出国前没有多大区别。各大学存有门户之见，甚至同一座学校的系与系之间也在相互摩擦。所以，十一年来，我国的科学事业依旧停滞不前，实在是让人痛心疾首。

"同学们，你们诸位是未来科学界之后备力量，我希望你们将来步入社会之后要根绝这种毛病。希望你们努力为整个中国物理学界贡献你们的知识和力量！"

听了钱三强的讲话，同学们陷入了深深的沉思，他们想到中国的科研机构和实验设备的确是太分散、太落后了，国人是该觉醒了，应该急起直追，迎头赶上。

接着，同学们向钱三强提问。

有人问："自然科学是不是超然的东西？目前科学工作者有两种态度，一种是出于发掘自然界秘密的好奇心来从事科学研究，以满足个人兴趣和求知欲望；另一种则是，科学研究之目的是人民大众，把科研成果服务于人民大众。请问这两种态度孰为正确？"

钱三强回答说："当然是后者更为正确。但是，从事科学研究不能急功近利。自然科学研究不是超然的，在研究过程中夹带某种兴趣与好奇是正常现象。所以，两者并不是对立的。科学的研究要给予研究者相对的自由，这种自由不是那种政治上的自由，而是心理上的自由。"

有人问："自然科学的研究，是？以人为中心？由于科学研究领域一天天有新奇的发明，以致被某些政治家疯狂利用。为此，是否会有那么一天，因科学的发明而毁灭人类？"

钱三强答："有人说人类会因科学研究的成果而被毁灭，我想不至于。以火来比喻，燧人氏发明火时，何尝

不说它是杀人的利器。但经过人类更好地利用它，就使它成为人类生活必需的东西。人类一旦知道某种东西的厉害，便会害怕它，回避它，而不会妄自利用它来残杀人类。"

钱三强的这次谈话，反映了他在约里奥-居里这位大师的影响下，逐渐形成了正确的人生观和世界观。所以，在清华大学同学中产生了强烈的反响。从此，

钱三强在清华大学成为最受欢迎的年轻教授。每当同学们听说是钱三强先生来上课，都很兴奋。钱三强授课时，讲起话来吐字非常清楚，声音开始非常舒缓，渐渐转为高昂。他那炯炯有神的目光照临整个教室，严肃亲切，朴实无华。同学们赞美钱三强是一位很有责任感的教授，是大家的良师益友。

钱三强任教不久，便急火火地去找当年清华大学的校长梅贻琦，说："我们国家的原子科学，与世界先进国家比较，落后了几十年，应该把全国的人才联合起来，拧成一股劲，拼命地追赶才行啊！"

梅贻琦看着眼前这位血气方刚的年轻教授，叹息地说："你的意见是对的。但是，目前的状况是各立门户、各自为政，唉，有谁能够把这些人才团结在一起呢？"

钱三强凭着他那股牛脾气，又转身去找当年的北京大学校长胡适，提出了同样的问题。胡适这位名教授摇了摇头，无能为力地说："目前国内的情况是，门户之见，根深蒂固。北平有一个摊子，南京有一个摊子，若把几方面的人拢在一起团结合作，难以办得到啊，还是各尽其力吧！"

钱三强依旧不甘心，他又去找北平研究院的李书华副院长，希望北平的三个单位能够联合起来，加强协作。这位副院长的回答是："还是先各干各的吧，等在一定时期开一开学术讨论会还可以办到，其他想法怕是不易办到的。"

几处碰壁之后，他只好把全部精力放在培养人才的事业之中。他除在清华大学授课以外，还每周开办一次核物理学讲座，任何人都可以自由听课。与此同时，他请北京大学出版社翻印了三本有关原子核物理学的文献。这是钱三强从法国带来的。以后，这三本书竟然成了新中国原子核物理扫盲班的基本教材。新中国一批又一批核物理学家就是先嚼烂这三本书才走向原子世界前沿阵地的。

北平和平解放以后，那是1949年3月下旬的一天，钱三强接到了一个不寻常的通知：军代表派他参加新中国成立前派出的第一个代表团，到法国巴黎出席世界和平大会。代表团团长就是后来不久出任中国科学院院长的著名学者郭沫若。

这个代表团集中了一批学者名流，其中有教育家马寅初、社会活动家张奚若、经济学家钱俊瑞、历史学家翦伯赞、剧作家田汉、画家徐悲鸿、诗人萧三、京剧演员程砚秋、女社会活动家李德全、古人类学家裴文中、翻译家戈宝权等等。能够结识这些在各方面都颇有建树、知名度很高的老前辈，是值得庆幸的事情。

　　钱三强还想到自己作为一名核物理学家，在法国学习和工作了 11 年，这次重返法国，应当为将要诞生的新中国做些什么呢？

　　次日，他迫不及待地找到代表团的副秘书长丁瓒，直率地说出了自己的心愿："这次咱们去巴黎参加和平大会，能否设法带上一些外汇？我想托我的老师约里奥-居里先生帮助购买一些核科学研究所需要的仪器设备和技术资料。机会难得，因为在法国有约里奥-居里先生的疏通，而其他别的国家是不可能卖给我们这些高科技设备的。"

　　"估计需要多少钱"？

　　钱三强默算了一下，说："带上 20 万美元，怎

1958 年建成的工物馆

么样?"

"什么，20万美元"？丁瓒惊诧地问道。

钱三强自知出口太冒失，赶紧解释说："核物理科研实验设备，都很昂贵，是要花大钱的呀。我先跟你商量，如果觉得不妥当，就不要向上反映了。"

丁瓒表示，意见还是要向上反映，但怕是很难办得到。

钱三强谈了自己的建议以后，心中忐忑不安，埋怨自己书生气太重，没有顾全大局。

意想不到的事发生了。就在代表团准备启程的前三天，钱三强接到了来自中南海的电话，通知他去一趟中南海。

中央统战部部长李维汉，在中南海接待了钱三强。

他热情地招呼道："钱三强教授，你的名字我早就听说了。你在法国的科研成就，也是我们这些留法学生的光荣啊!今天约你来，是商量一下你的建议。中央领导研究过，周恩来同志认为你的建议很好，表示给予支持，决定先拨出5万美元，由你到法国使用。用款时你和代表团刘宁一商量着办就行了。"

好消息来得太突然了。钱三强心如潮涌，泪眼模糊。

原来这笔美元，是军代表在接收北平旧银行时，从一个金库的暗角里发现的，数一数，不过十来万。这就是数额较大的一笔外汇。尽管当时国家极需大量外汇，但是，在周恩来同志的关怀下，还是批给钱三强5万美元专款，请他再去巴黎时，设法购买一些供核研究用的仪器设备。

当年，即将诞生的共和国百废待兴，在外汇极端贫乏的情况下，能拨出这么一笔外汇去购买核研究的设备，也足见共和国开国元勋们的远见卓识。开国元勋们想到了，想到以这5万美元为资本，未来便可创建一个制造数十颗小太阳的伟大工程，自然也能为新中国确立世界大国的自信与尊严。

那时，西方对我们实行全面封锁。法国当局不准中国代表团入境。

约里奥-居里临时决定，在捷克斯洛伐克的首都布拉格设立会议分场，用广播器把长途电话声音扩大，将主会场的声音传到分会场。

1949年4月20日，世界和平大会开幕。

主会场开幕式，设在巴黎圣奥诺雷城关大街的普莱耶尔礼堂。主席台上坐着约里奥-居里，还有《和平鸽》宣传画的作者毕加索，以及诗人、作家阿拉贡等杰出人物。

在布拉格分会场的上席台上，坐着郭沫若和其他东欧国家代表团团长。

大会开始以后，扬声器里传来了一个非常熟悉的声音，那是约里奥–居里先生在开幕式上发表讲话。

约里奥–居里先生首先对法国当局拒绝中同代表团入境，表示强烈愤慨。他说："真理的旅行是不需要签证的！"

这是一个法国的正义科学家公然对西方国家的藐视，是对各国渴望和平人们的极大鼓舞！

主会场和分会场共72个国家的代表响起了经久不息的热烈掌声。

过了好几分钟，又传来了约里奥–居里的声音："我很荣幸被推举为世界科联的副主席。世界科联热烈支持这次大会的召开。"最后他说："不能用消极的和平主义来表达我们的和平愿望。对那些还没有认识到战争危险的人们，我们应向他们指出这种危险性；对于那些像我们一样愿意保卫和平的人，我们要给他们提供方便；对那些明知战争危险而偏要战争的人们，我们要坚定而冷静地告诉他们：我们是要和你们清算的。我们呼吁一切善良的人们起来避免战祸。要充分认识到我们自己的力量，要相信在这场斗争中，我们必将胜利。"

开幕式结束后，主会场的布法罗体育场举行了群众大会。数以万计的人们向主席台上的约里奥-居里鼓掌致意。

钱三强为自己的老师英勇不屈地献身于世界和平事业感到无比自豪，对中国的和平事业充满信心。

晚上，中国代表的房间里，灯火通明。

郭沫若走到钱三强的房间，高兴地说："今天，真是大快人心！这次会议，其意义不可估量。你的老师是世界和平的一面大旗，敌人一定会闻风丧胆。"

钱三强点点头，无比自豪地说："我的老师为了真理和正义，一贯旗帜鲜明，无所畏惧。"

"一位伟大的朋友，不仅是中国的，同时也是全世界的"！郭沫若对约里奥-居里先生充满敬意。

　　会后，钱三强通过可靠关系，把带去的美元转交给了约里奥-居里，这位中国人民的朋友毫不犹豫地为即将诞生的新中国购买了第一批核物理实验仪器，为打破西方对我们的封锁、为中国的核事业做出了宝贵的贡献。

盯住世界先进水平

　　　　人们称钱三强那双温厚的大手，紧紧地握住了一个又一个核科学家的手，那样真挚、亲切、随和。于是，一个团结、和谐的核家族就这样形成了，一个满门忠孝的核家族就这样形成了。

　　在中华人民共和国诞生一个月之后，中国科学院成立了。钱三强与何泽慧受命筹建近代物理研究所。国家百废待兴，他们的筹建工作也遇到了种种困难。新建的研究所，连钱三强和何泽慧在内总共只有五个人，在北京皇城根一个四合院里办公，连最简单的仪器都没有。旧社会留下的只是一片废墟，再加上超级大国对新中国的全面封锁……

　　怎么办？这两位在法国因发现铀核"三分裂"和"四分裂"而蜚声海外的核物理学家夫妇——钱三强与

何泽慧一起，每人骑了一辆自行车跑遍了北京的旧货店和废品收购站，寻访一切可以利用的旧五金器材、旧电器元件。资质聪颖的何泽慧一丝不苟地绘制出图纸，心灵手巧的钱三强动手制作。他们先是造出了两台车床，接着便利用这两台车床制造出了他们所急需的仪器设备。

那是一个物资和人才极度匮乏的年代。钱三强求贤若渴，到处登门拜访招募良才。何泽慧则在那个四合院里为几个年轻人开办了原子理论的扫盲班。夜间，他们夫妇共同备课；白天，他们夫妇轮流主讲。用这种最基础的办法，为新中国未来的原子世界培养人才。

一年前，钱三强曾向胡适和梅贻琦教授呼吁："要把全国的人才联合起来，拧成一股劲，拼命把核物理研究搞上去！"当年，他碰壁了。如今，轮到钱三强身体力行了。他认为中国核物理要起飞，必须有领头雁。由谁来担当这领头雁？他想到两个人：王淦昌和彭桓武。

1949年冬季的一天，浙江大学物理系主任王淦昌教授收到了一封发自北京的信。信的内容是邀请他到中国科学院近代物理所从事核物理研究工作，发信人署名：钱三强。

工淦昌教授作为钱三强、何泽慧的同行，早在20

世纪40年代末，就在报纸上见到了关于钱三强、何泽慧发现铀核"三分裂""四分裂"的报道。他们都是清华大学的校友，但在钱三强入学时，王淦昌早已毕业了。

钱三强在1949年春天参加筹备全国自然科学工作者代表大会时，就遇见过浙江代表王淦昌，对他的言谈与见解有很高评价。钱三强给王淦昌写信，请他北上合作，是为了中华民族的崛起而寻求志同道合的合作伙伴。

王淦昌1930年留学德国柏林大学，获博士学位。钱三强也深知王淦昌在核物理研究方面的成就。

喜遇知音，二人一拍即合。王淦昌从心里佩服钱三强这种开创事业求贤若渴的品格。

1950年4月，两位核物理学家——王淦昌和钱三强的手紧紧地握在一起了。事业作为友谊之桥，使他们成为开创我国核物理学研究，进而发展原子能事业的同事和挚友。

在给王淦昌教授写信的同时，钱三强来到了清华园彭桓武教授的家中。他们也曾是清华物理系前后班的同学，彭桓武比钱三强高一班。

钱三强这次访友，有明确的目的：动员彭教授到近代物理所专职从事核科学研究工作。

彭桓武早年留学英国，曾先后获得哲学博士和科学博士双学位，是当时第一个在英国取得副教授职称的中国人。他在理论物理方面造诣很深，解决数学问题的本领很强，善于联系实际。钱三强根据他的老师约里奥-居里先生组织原子能总署的经验，深知能够联系实际的理论物理学家的重要性。这次他是前来请"诸葛"出山的。以后的事实证明了钱三强的正确预见，彭桓武教授果然在我国成功研制原子弹、氢弹的工作中，做出了重要贡献。

钱三强的指导思想是：聚集人才，是开创事业至关重要的一环。在发现人才、使用人才问题上，他向来都是严肃认真的。新中国诞生以后，大批爱国知识分子满怀报国之情回来了。中国科学院近代物理所总是敞开大门，欢迎一切有识之士。学核物理的，学放射化学的，学与此相关专业的，一批又一批地向这里汇集。在他们中间有实验核物理学家、宇宙线和加速器专家赵忠尧（钱三强在清华大学读书时的老师）、萧健、杨澄中、陈奕爱、戴传曾、梅镇岳、张文裕、汪德昭、谢家麟、李整武、郑林生、丁渝、张家骅；理论物理学家邓稼先、胡宁、朱洪元、金星南、王承书；放射化学与理论化学家杨承宗、郭挺章、萧伦、冯锡璋；计算机和真空器件专家夏培肃、范新弼等。这批科学家与钱三强、王淦昌、彭桓武、何泽慧等一起，成为我国核科学各个领域的带头人、领头雁。

光有领头雁还不够，还要有一个大雁群。于是，钱三强开始通过各种途径，向国内外招兵买马。

钱三强

近代物理研究所还根据钱三强聚集人才的指导思想，在高等院校、科研单位中，调了一批专业对口或专业相近的科技人员。他们是金建中、李寿楠、忻贤杰、黄祖洽、陆祖荫、于敏、叶铭汉、徐建铭、何祚庥、胡仁宁、唐孝威等。

核工业部研究生院院长、为开展我国放射化学工作做出过重要贡献的汪德熙，在回忆我国核科学技术发展的历史时，曾深有感触地说："钱三强同志很有功力，胸有成竹，知道发展这一事业所需要的一切。回顾我国核科学技术取得的成就，便十分清楚钱三强同志的贡献。他不仅在创业初期注意聚集人才，而且十分注意学科配套。可以这么说，当中央决策要研制原子弹的时候，我们的人才储备和学科储备，都已有了一个很好的基础。钱三强同志还善于发现和恰当地使用人才，适时地把有才华的科学家推上学科带头人的岗位。有了人才和学科储备，这就给后来的事业发展，奠定了坚实的基础，做到顺理成章，水到渠成。"

到1955年，近代物理所已从原来的十多个人，增加到一百多人。在聚集人才的基础上，钱三强又根据周恩来总理的指示和事业发展的需要，开始有计划地抓人才的培养，安排了很强的力量，先后协助北京大学、中国科技大学办起了技术物理系、原子核物理系和放射化学系；同时，支持清华大学办起了工程物理学，他亲自授课。为我国核科学和核工业的崛起，造就了一批又一批后备军。据不完全统计，当年聚集到近代物理所周围的科技工作者，后来被遴选为中国科学院院士的就有三十多位。

更值得提出的是，当年有许多核科学家，明知走进那神秘的原子世界，就意味着艰难险阻和与世隔绝。可是，许多年轻的科学家却主动请缨，乐意步入这个以钱三强为带头人的原子世界。

凡有科学家来访，钱三强都乐意接见，每每有人登门求教，他总是亲自开门迎接，含笑点头，并道一声"请"，便就座交谈。既不失大科学家、大学者风度，又使人觉得可亲可敬！他有一颗对同仁、同事特别是对年轻科学家深切关怀的慈爱之心。一位年轻的科学家找到他，请他题字。他略加思索，写下了下面的一句话："你要想到，你首先是一个真正的人，然后才是一个真正的科学家。"

科学家们相聚伊始，钱三强便谆谆教导年轻的科学家，要正确对待自己，要珍视科学，珍视人生，做一个真正的人，做一个真正的科学家。

有人说，人们敬仰钱三强，甘愿聚集在钱三强所带动的原子世界里，不仅仅是敬仰他在原子科学领域里举世瞩目的成果，更重要的是敬仰钱三强的人格魅力。人们注意到，钱三强的脸上总是盈满慈祥的笑容，像一阵春风，温暖着人们的心。钱三强那双温厚的大手，紧紧地握住了一个又一个核科学家的手，是那样真挚，那样随和。他那明亮而温和的目光里，总有一种使人倍感亲切的魅力。

这就是钱三强。这就是钱三强能够聚集众多优秀核科学家的秘密所在。

后来，人们称这是一个忠孝满门的核家族。

新中国的原子能事业像一块磁铁，把有志之士从四面八方吸引来了。几年之间，数十位有造诣、有理想、有奉献精神的科学家，从美国、英国、法国、德国、苏联和东欧纷纷回国，聚集到了近代物理研究所。这些莘莘学子，为原子能事业而来，慕钱三强之名而来，一批又一批。

皇城根脚下那个古老的四合院，显得拥挤了。这个四合院，是典型的民族形式的古老建筑，大屋脊，木质结构，古雅的灰墙。四合院内古木参差的群绿，在雨后春阳的辉映下，洋溢着一股春的勃勃生机。青年学子们，在这古老的四合院里，呼吸到的都是20世纪50年代的清新气息。

钱三强亲自跟年轻人谈心，给他们讲故事，要求他们多一些献身精神。他喜欢将生动的传记故事讲给

左起葛庭燧、何怡贞、何泽慧、钱三强。

年轻人听，以求在青年人心目中树立起他们所崇拜的偶像。他不止一次地给青年学子们讲述居里夫妇的故事，给年轻人讲述世界上第一颗原子弹诞生的秘密，讲述奥本海默的故事。他说：

"奥本海默被称为'原子弹之父'，1941年，他在美国的墨西哥州开始了研制原子弹的'曼哈顿工程'。

"奥本海默在青少年时代埋头读书，学习各方面知识如饥似渴。为了增长更多的知识，他几乎没有节假日。一个暑假，他用六个星期，学完一个学年的化学课程。他模仿大人谈吐，参加大人们的时事讨论会，他学着写诗，将自己用法文写的诗译成希腊文，再译成意大利文，并力图保持原来的韵味。当他以第一名的成绩从中学毕业以后，他父亲带他去欧洲旅行。他们走遍了希腊、意大利、德国、法国、荷兰和英国。奥本海默从不着意游山玩水，而是热心于采撷岩石标本。即使他登临比萨斜塔，也在测试自由落体的轨迹。他在欧洲写生绘画，为各种建筑式样作出详细的注解，并推断历史风尚对建筑结构和风格产生的影响。

"1942年，奥本海默到新墨西哥州负责原子弹基地的建设工作。由他率领的一支核专家队伍历时三年，为美国造成三颗原子弹。"

钱三强就这样以发生在原子世界的生动故事，把青年学子渐渐地引入到那个神秘的原子世界，从而引导年轻人向世界瞩目的核科学技术进军。

钱三强在居里实验室从事核物理科研事业11年，11年的实践经验告诉他，发展我国的核科技事业，必须两翼齐飞，一是要培养科技人才，二是要筹措实验设备。当科研人才的聚集初见规模后，他立刻分几路兵马筹措他们所急需的实验设备。

与此同时，我国的地质工作者通过对铀矿的普查，已在西北、中南、华东等地发现了放射性异常点二百多处，其中有价值的矿点11处，为进一步勘探和提高铀工业储量打下了良好的基础。

不久，中国第一座重水核反应堆建成了。重水作为中子减速剂，使原子核裂变的链式反应能够有控制地持续进行。

——核物理学家钱三强

蘑菇云之梦

紧接着，中国第一台回旋加速器也建成了。

这两大件有了，钱三强终于舒了一口气。他从进入核科学领域的那天起，就盼望在自己的国家建成这些设备。

他为此不知道付出了多少心血，不知道越过了多少艰难险阻。

那是1953年，他第一次率领代表团访问苏联。一天，安排参观原子核科学机构，陪同做介绍的是当年在居里实验室的同事斯柯别里琴院士。

为了方便起见，钱三强与主人时常用法语交谈。

"中国要是建原子反应堆，你认为苏联会援助吗"？

"这个……恐怕得由最高层领导来决定"。斯柯别里琴谨慎地问答。

"回旋加速器呢"？

"这个嘛，还可以考虑"。斯柯别里琴说，"不过，我们做不了主。你知道，这两种设备，对发展原子能是关键"。

但是，没过多久，钱三强带领中国原子世界的同事们依靠自己的力量终于建成了自己的原子反应堆，建成了自己的回旋加速器。他终于如愿以偿了。

1954年8月，国防部部长彭德怀元帅要率领军事代表团访问苏联。临行前，他约请钱三强到住地攀谈。二人一见面，彭德怀便开门见山地说："欢迎，我们的原子专家。我们将要去参观苏联的核爆炸试验，今天拜你为师，学点知识，为了不闹出笑话。"

彭德怀与钱三强并肩坐在一张长沙发上，说：

"让我先给你讲一个在延安闹笑话的故事吧。那是1945年，美国刚刚在日本投下了原子弹，一个外国

记者问我：'美国在广岛、长崎投下了两颗原子弹，威力是毁灭性的，给日本造成的损失太可怕了，实在无法形容，你听说了吗?'

"我就反问那位记者：'有这桩事吗?我怎么不知道呀!'

"记者根本没有领会我的意思，惊叫了起来：'哎呀呀!你怎么这样闭塞，这样无知，连这么大的事都不知道?'

"我还是不急不慢，笑着对那位记者说：'不是我不知，而是你太愚蠢了，连我说话的意思都理解不了。'"

说到这里，彭德怀哈哈大笑道："要说我对原子弹无知，那是一点也不假。不但那时无知，现在也知之不多。"

钱三强知道一个斯大林与原子弹的故事，今天知道了彭德怀也有类似的经历，觉得很巧合。他想把斯大林的故事讲给彭德怀："彭总，您知道不，斯大林与原子弹也有一段故事哩。你想听听吗?"

彭德怀直率地说："那就讲一讲吧!"

这时，服务员为钱三强送来一杯茶，彭总说："先喝茶，故事可以慢慢讲，今天我正好想听听核专家给我讲故事。"

钱三强蜡像

钱三强呷了一口茶，润了润嗓子，为彭总讲了当年那个鲜为人知的关于斯大林与原子弹的故事——

故事从第二次世界大战期间美国的核讹诈说起。

美国是世界上进行核研究最早的国家之一，1942年建成第一座核能反应堆。

还是美国，于1945年制成第一批共二枚原子弹。

又是美国，于1945年7月16日5时30分在阿拉默米尔多试验场爆炸了第一颗原子弹。就在这一天，苏、美、英三国首脑斯大林、杜鲁门、丘吉尔聚集于波茨坦举行三巨头会议。

会议休息时，杜鲁门神气活现地出现在斯大林面前，笑眯眯地说道："大元帅，我想告诉你一件事，我们美国已经制造出一种新武器。"

对于杜鲁门宣布的这条爆炸性新闻，斯大林似乎无动于衷。

于是，杜鲁门不得不提高嗓门，想制造一种轰动效应。他高声说道："大元帅，我想要告诉你的是，这种武器非同寻常，它具有难以想象的破坏力。"

斯大林依旧木然地吸着他的大烟斗。

杜鲁门原以为这条消息会使斯大林大吃一惊，遗憾的是，那位格鲁吉亚人，那位"乔大叔"，竟然迟钝得像个聋人，或者像个哑巴！

就杜鲁门的用意，他向斯人林宣布这条消息，不单是想威胁苏联领导人，也想愚弄他的最亲密的盟友头目丘吉尔。他一直吊着丘吉尔的胃口，直到7月21日会议之后，杜鲁门才命他的助手史汀生让丘吉尔阅读了美国原子弹爆炸的有关文件。史汀生在1945年7月22日的日记中这样写道：

> 丘吉尔读了"曼哈顿工程"的报告全文。他告诉我说，他在昨天三巨头会议上就注意到杜鲁门因发生了某一种事情而表现得更为坚定。他以最有力和最果敢的态度，挺着腰板对付俄国人，告诉他们某些要求是他们不能得到的，也是美国坚决反对的。他说："现在才知道杜鲁门昨天发生了什么事。当时对于这一点我未能理解到。在去参加会议之前，杜鲁门先读了这份报告，所以他变成了另外一个人。他

在会议上告诉俄国人应该这样做，应该那样做，基本上操纵了整个会议。"丘吉尔说，他现在知道了杜鲁门的勇气从哪儿来，而且他同样也感到有了勇气。

史汀生的这篇日记，明明白白地证明了早在第二次世界大战期间，美国人便把原子弹和外交结合在一起了。难怪以后美国的历届总统一再重复：核试验的音响效果，就是他们外交政策的语言。

其实，斯大林当时不聋也不哑。殊不知，苏联早已得到了美国"曼哈顿工程"的情报。斯大林在杜鲁门面前的沉默，正是他钢铁般的意志和必胜信心的表现，这是一个伟大民族、一个伟大国家的尊严。

后来的情况说明，当杜鲁门在波茨坦会议上对斯大林进行核讹诈时，苏联早已开始了他的"鲍罗金诺工程"——

当年，苏联的回旋加速器已经运转了好几年了。

当年，苏联已经俘虏了一批德国籍的核武器专家。

当年，苏联已经从西方获得有关原子弹制造的情报。

当年，苏联已将德国的核设备运到了苏联本土。

斯大林在波茨坦会议之后，立即在黑海的索契召开了如何对付美国核垄断的紧急会议，制订出了研究核武器的应急计划。斯大林亲自命名的"鲍罗金诺工程"，加快了研制步伐。

"鲍罗金诺"，这是1812年俄军大败拿破仑的古战场。斯大林以它来命名，用意是十分深远的。

就在波茨坦会议结束二十天之后，美国把当时仅有的两颗原子弹用飞机分别投向了日本的广岛和长崎，造成了二十多万日本平民的惨重伤亡。

1945年10月，在五国外长会议期间，美国国务卿贝尔纳斯出现在会议上，态度更加骄横。苏联外长莫洛托夫便嘲讽地问道："国务卿先生，你口袋里是不是装来了一颗原子弹？"

贝尔纳斯有恃无恐地回答说："如果你还继续拖延时间不谈正事的话，我就从口袋里拿出个原子弹来叫你尝尝！"

美国政府还于1946年以盟主的身份，邀请一些国家政府的要员到马绍尔群岛去观看比基尼岛上的核试验，企图使外国人从核爆炸的音响效果中，领略美国政府的外交语言。

时间过去了三年多以后，苏联于1949年春季研制出第一颗"铁克瓦"（南瓜）——原子弹。

紧接着，于当年的8月29日凌晨4时，苏联在自己的本土谢米色伐拉斯克附近成功地进行了代号为"珀瓦当穆尔尼亚"的原子弹爆炸试验。

苏联的原子弹爆炸是闪电式的，被美国人称之为斯大林原子弹。其爆炸力为21万吨TNT当量，远远大于美国第一颗炸响的原子弹。于是，苏联便成为世界上第二个拥有原子弹的国家。

1964年10月16日,中国第一颗原子弹在罗布泊爆炸成功。

时间又过去了近三年，美国于1952年试验氢弹成功。于是，美国人再一次面对全世界人拍自己的胸口，继续他的核讹诈。

故事讲到这里，钱三强用铿锵有力的声音说道："美国的好景不长。就在美国氢弹爆炸的烟尘还没有散尽的时候，苏联也造出了氢弹。时间仅相隔两个月。"

彭德怀非常认真地听完了钱三强讲的上面那个长长的故事，他担忧地说："原来从第二次世界大战末期便形成了美、苏两个超级大国进行核军备竞赛的局面啊!"

接着,他叹息地说:"唉,中国人民面临着严峻的国际形势啊!"

朝鲜战争期间,美联社曾发出电讯稿称:杜鲁门曾说,一直在考虑使用原子弹的问题。是否使用原子弹,何时使用原子弹,由战地的美国军事领导人决定。

钱三强呷了一口茶,接着说下去:"因为当时苏联也拥有原子弹,而英、法两国议会害怕打起原子战争,自己吃亏,故万分恐慌,坚决反对美国政府冒险。美国政府的核讹诈遭到本国人民和世界人民的反对,所以朝鲜半岛才避免了一次核战争。"

说到这里,彭德怀气愤地说:"为了对付美帝国主义的核讹诈,咱们中国人也要争口气,搞出自己的原子弹。"

这时,彭德怀亲切地凝视着钱三强说:"要争这口气,就看你们这些核专家的了。听说你们干得还不错嘛!"

钱三强向彭德怀汇报说:"目前已经形成的核科学基地,只是迈开了第一步。但是,我们的眼睛一直盯住世界先进水平的目标,准备长途跋涉。"

只见彭德怀眼睛一亮,伸出那双温厚的大手,紧

——蘑菇云之梦
核物理学家钱三强

紧地握住了钱三强的手，说："好，一言为定，你们这些核专家盯住世界先进水平，尽管往前迈，我这个国防部部长当好你们的后勤，我就不信，咱中国人赶不上他们西洋人！"

就这样，国防部长的大手同核科学家的大手，紧紧地握在了一起。许久，许久。

"东方巨响"

1964年10月16日，中国第一颗原子弹爆炸成功了！西方人称之为"东方巨响"！

当年，共和国处于危难之中。

北边的霸主，断然撕毁协议，要置中国核事业于死地。

西方霸主也蠢蠢欲动，要使中国的核科学研究"绝育"。

美国派U-2王牌飞机，紧紧盯住内地和沿海各地打转儿。每个月平均有三四次，他们特别不放过西北部的每个角落；转完了西北，再经西南上空折返台北桃园基地。

9月9日，新华社发表消息："一架U-2飞机在华

1967年6月17日，中国在西部地区上空成功地爆炸了第一颗氢弹。

东上空侦察时被我军击落。飞行员陈怀生，在飞机坠毁时受重伤，送医院途中死亡。"

与此同时，美国情报部门还在我国周边地区布设了二十多个监听站，二十多个测向站。

美国的战略是："使中国共产党人在核科学研究方面'绝育'。"

　　这个战略的总指挥，是他们的总统肯尼迪。肯尼迪对情报部门的负责人说："原则上不管用什么手段，必须阻止中国成为一个有核国家，因为中国拥有核武器，将使美国面临空前的危险局面。"

　　肯尼迪又说："在中国没有成为一个'羽毛丰满'的核国家之前，我们现在要采取能够削弱这一危险前景的措施。"

　　处在严峻形势下特殊位置上的钱三强，承担着特殊的使命。

　　严峻的现实告诉我们原子世界的带头人钱三强：路必须靠自己走，而且要坚定地走下去!

　　从此，我国一批科学技术工作者，开始走上了令人难忘的"秘密历程"。

　　开头，钱三强把原子能研究所的两位副所长、著名科学家王淦昌和彭桓武，送上了"秘密历程"。他们分别担任了核研究院副院长兼第二、第四技术委员会主任。这是钱三强请两位大师第二次出山，钱三强第二次将两位大师送上核战线的最前沿阵地，两位大师成为我国研制原子弹、氢弹的重要学术带头人，他们为"两弹"和战略武器的研制做出了重要贡献。

　　要研制原子弹和氢弹，工程力学方面的专家必不可少。这时，钱三强慕名去找当时担任中国科学院力学研究所所长、著名力学家钱学森商量，问他谁是承担核武器爆炸力学工作最合适的人选。钱学森毫不犹豫地推荐了他的合作者、力学所副所长、著名应用力学家郭永怀。

郭永怀1935年毕业于北京大学物理系，1940年到美国留学，在当代空气动力学大师冯·卡门指导下从事研究工作。1945年他以优秀论文获博士学位，并和钱学森一起提出"上临界马赫数"概念，博得世界公认。1956年郭永怀归国，是我国近代力学事业的组织者和奠基人之一。郭永怀也是第二次出山进入"秘密历程"之后，担任了原子弹研究院副院长兼第三技术委员会主任。他和王淦昌、彭桓武等老一辈科学家一起，坚持在第一线指导青年科技人员进行技术攻关，在原子弹的总体设计、环境试验和飞行试验等方面，做出了重要贡献。郭永怀为核事业鞠躬尽瘁，最终奉献了自己的生命。

这一天，彭德怀、陈毅两位老帅来到了这个被称为"6号院"的地方。当这两位老帅听说王淦昌、彭桓武、郭永怀三位科学家，在三天内奉召赶来参加原子弹攻关，深受感动。陈毅同志紧紧握住王淦昌的手，说道："好，有你们这些一流的科学家撑腰，我这个外交部部长就好当了!"

同一天，周恩来总理也到"6号院"来看望大家。他看到"6号院"这些洋溢着虎虎生机的年轻人，非常高兴。他对邓稼先说："你们都这样年轩，很有希望嘛!你这个'娃娃头'可要把他们带好啊!"

"他们都很能干，也很要强。我和他们一起，共同学习，互相帮助"。

"对，搞这样的工作，尤其要互相协作，依靠集体的力量。"周总理鼓励说。

1960年的7月28日，核工业部副部长钱三强把邓稼先邀到他的办公室，开门见山地说道："原子弹的理论设计，要由你领导的那个研究室来承担。"

邓稼先，这位昨日的苏式原子弹的仿制者，今天，被历史选定为中国第一颗原子弹的理论设计负责人。他深深地理解钱三强交付给的任务的含义，便顺从地点了点头。

当年，钱三强对原子弹理论设计有个形象的比喻，叫"龙头"的"立方"。他认为，不抓"龙头"，原子弹造不出来。也就是说，要制造原子弹，首先必须拿出一个理论设计方案来。这好比要建造一座高楼，首先必须拿出一张图纸来。

制造原子弹的这张图纸该怎样拿出来呢?当时的邓稼先面对的是一片荒原。但是，他必须带领年轻人向着这片荒原进军。邓稼先感到了责任的重大，感到了肩上的压力，也预感到未来路程的艰难。

邓稼先要做的第一件事情，便是与钱三强一起，整理一份秘密文件。这份秘密文件就是宋部长收藏起来的那位苏联专家组长的讲课记录。

几个记录本，都是用十分潦草的字迹笔录的极不连贯的话语，有的还是一些代用的符号。画的图则更歪歪扭扭，简直像巫师画的鬼符。所以，邓稼先整理这份文件就像是破译天书、鬼符。倘若没有厚实的有关科学知识，没有十二分的耐心，恐怕连看都看不下去，更不要说将它们整理出来。不过，好在当时有钱三强在场，钱三强听了苏联那位专家组长的讲课，因为有钱三强相助，终于整理出了一份颇有价值的文件。

后来，由口才极好的钱三强系统地阐述了这份文件的基本内容。人们听了这次讲话，普遍感到受益匪浅。

当年，钱三强主抓的制造原子弹的四个前沿阵地是理论部、实验部、设计部和生产部，这四个部被称作原子弹研制的"四匹马"。这四匹马共同承担着一个伟大民族、一个伟大国度能否自立自强的沉重负载。在那艰苦的岁月里，钱三强驾驭着这四匹马在崎岖的道路上艰难地行进。

20世纪50年代，钱三强、竺可桢等中国科学院领导在一起。

开始，他们用数学手段模拟原子装置轰爆的全过程。

从黎明到深夜，这里到处是一片繁忙的景象。然而，工作效率却与他们付出的劳动很少相称。那架老爷式的旧电子计算机，虽然噼噼啪啪敲个不停，但每秒钟的运算能力不超过十次。后来，增添了一台"乌拉尔"，还得用手摇，算个除法，需要分几步走，要是算开方，还得查巴罗表。八个小时计算，八个小时琢磨预案，一个月才能算出一个结果。如今，我国研制成功的"银河"亿次机，每秒运算十亿次以上，半天便可以算出三个大型科研课题。当年他们那些家当，可能还比不上今天中小学生手里拿着玩的"卡西欧"计算器。

由于设备既少又落后，只好拼力气。他们"三班倒"着上机，做到"人闲机不闲"。就这样，还是跟不上科研进度。邓稼先便和大家一起，用计算尺和算盘辅助计算。于是，那幢灰楼的房间里又发出噼噼啪啪的算盘声，几乎昼夜不停。

随着科研的进展，计算使用过的草稿纸装满了一麻袋又一麻袋；那些麻袋堆满了一个房间，又一个房间……

然而，那正是饥饿的岁月，当然，也是奋斗、开拓的年代。

食堂的饭碗由大碗变成小碗，每人每天嚼一颗"大力丸"，这就是"特供"。昔日砍高粱、盖楼房的年轻人开始浮肿了。他们常常在紧张的运算之后，有气无力地呼唤着："我们饿，我们好饿呀！"

一天上午，年轻人和专家们共同讨论一个"方程式"，一直到中午快一点了才结束。一点半还要上班，中午饭还没得吃呢！这时，食堂通知大家到餐厅用饭，因为钱三强副部长来了，要食堂给大家改善一下。

所谓"改善"，就是每个人有一小盘炒白菜，上面顶着手指头那么大的一块罐头肉。年轻人一看那块肉，眼睛就亮了，大声欢呼起来："托钱部长的福，我们有肉吃了！"

这些事，对于今天的年轻人来说，无异于"天方夜谭"，但这却是千真万确的。那是一种什么精神啊！

原子世界的科研大军逐渐在扩大。那座灰楼和后来盖的红楼，都住满了。后来分配来的几十个大学生没有房子住，只好住在郊区农民开的小客栈(实际上是骡马大车店)，不久，许多年轻人身上便长了虱子。

此事后来被敬爱的周恩来总理知道了。他老人家难过得流下了眼泪。他对刘西尧说："这是我的过错，我对不起这些年轻人。我们没能让这些攻关的勇士们吃饱肚子，这就够让我心里难过的了，难道还能让虱子再去吃他们吗？"

周总理亲自给友谊宾馆的经理打电话，让他们腾出几间客房给没房住的年轻人住，并且每天要用大轿车接送他们。

十六年后，天安门广场数十万人悼念周总理英灵，这些当年因长虱子被周总理挂念的年轻人从大西北核基地赶来送花圈。

"饿鬼"常来干扰，但年轻人依旧没日没夜地拼命干。当时的九院院长李觉将军心中很是不安，几次下命令，限大家晚上10时以前必须停止运算。这些青年科学家执行上级的指示原本是很严格的，可这时对于李院长的命令在执行上却打了折扣，多数情况下不能做到。李院长不得不下死命令，命令研究室负责人必须在夜间10时准时关灯，赶人，锁门。可是，这死命令也没有治住这帮年轻人。锁门时他们做了手脚，研究室的门锁了，不久又开了，灯又亮了……

后来，这些人回忆当年的情景时，无不自豪地说："那是灯火辉煌的年代！"

那是辉煌的年代，也是艰辛的年代。生活的艰辛，登攀的艰辛，一股脑地向这个英雄的群体袭来。人们冲上去了，挺住了，创造了辉煌。

当年有人赞誉说：在中国研制"两弹"的进军中，钱三强率领的那支核科学家队伍，可说是"满门忠孝"。

一位曾经跟随钱三强奔走于长城内外、大江南北的同志向记者介绍说，当时钱三强终日带着一个黑色皮包，包里装的都是攻关课题。每到一个对口的科研单位，都要召开秘密会议，向有关人员介绍"59·6"任务，为"59·6"寻求合作伙伴。那时，哪一个研究室，哪一个课题组，哪一个科技人员，只要被"相中"，无不感到幸运，仿佛谁和"59·6"沾边，谁就光荣。

研制为原子弹点火的中子弹，迫在眉睫。

钱三强很快便想到了所里一位年轻的化学工程师王方定。

这一天，钱三强把王方定叫到自己的办公室，亲自布置任务。他说："小王，研究原子弹点火装置，需要尽快过关。这个任务时间紧，担子重，调你去做，你看怎样？"

小王禁不住一阵紧张。他想，为了"59·6"，所长调去了著名科学家王淦昌、彭桓武、朱光亚……今天又轮到了自己，他深深感到这副担子太重了。然而，他从所长那期待和信任的目光中，得到了鼓励，增强了勇气和信心。

钱三强指着放在办公桌上的一个容器，深情地说："你看，这是我从法国带回来的一点放射性废渣原料，留了十几年了，一直舍不得用。现在交给你，盼望你们快点搞出来！"

从居里实验室带回来又珍藏了十多年的放射源，这是多么珍贵啊！老一辈科学家的爱国之心，深深地激励着这个年轻人，他像战士接过上级授予的钢枪一样，双手提起了那沉甸甸的容器。

王方定是一个好样的青年，他没有辜负钱副部长的期望。在远离北京的实验室里，他和他的伙伴们，在老科学家的具体指点下，把个人生命安危置之度外，终于以数百次的化学实验，赢来了最后的成功。

他们为我国第一颗原子弹的研制攻下了又一个难关。

1960年，当我国第一颗原子弹的科技攻关、工程设计进入高潮时，钱三强非常有预见地提前部署了氢弹的研制工作。

按照周总理既抓原子弹、又抓氢弹的要求，钱三强适时组织力量，开始了对氢弹原理的探索。在他的直接领导下，研究所成立了"轻核反应装置理论探索组"和"轻核反应堆组"，先后分别由黄祖洽、于敏、洪润生等几十位理论物理、数学和实验物理方面的业务骨干组成。在四年多的时间里，他们卓有成效地开展了三个方面的工作：

其一，对氢弹中各种物理过程进行了探索和研究；其二，对氢弹作用原理和结构进行了探索和研究；其三，对轻核反应截面数据，进行了调研，并做了一些实验准备和测定工作。

这两个组提出的科学设想，有关方程和数据，为氢弹在科学技术上的突破，起到了探路作用。

1964年10月16日这一天，在我国核物理学家的记忆中，是个难忘的日子。这天下午，当时钟走到2时

45分时，核工业部部长刘杰几乎是用颤抖的声音，对钱三强说："三强同志，再过一刻钟我们放的那个'炮仗'就要响了，你看还有万分之几的可能不响？"

钱三强听了，眼里噙着热泪，十分激动地说："会成功的，会成功的！"

当时，在场的每个人都在盯着电话机。

刘杰、钱三强屏住呼吸苦苦等了一刻钟，突然，电话铃响了。

那是从遥远的罗布泊传来的捷报："啊，响啦，响啦！"

人们欢呼着，雀跃着，哭泣着。

原子弹的头号功臣钱三强眼角上挂着晶莹的泪花，自言自语地说："我们的'59·6'争气弹终于成功了！"

1964年10月16日下午3时。随着一声"起爆"的命令，一颗猩红色的小太阳从西北大漠荒原冉冉升起，直冲云天。

一声惊雷过后，托出了一团鲜活的美妙无比的蘑菇状云团，那燃烧的云团在共和国的西天翻腾着，舒卷着，构成了一座壮观的奇峰。新华社奉命向全世界发布新闻公报：

1964年10月16日15时（北京时间），中

国在本国西部地区爆炸了一颗原子弹，成功地

进行了第一次核试验……

中国的第一颗原子弹爆炸成功了！随着一声天崩地裂般的轰鸣，一阵无坚不摧的冲击波，如惊雷一般地卷动着沙浪，冲击着整个地球。

这一天，当是中华儿女普天同庆的节日，这一夜，全中国像过狂欢节，到处是沸腾的人群。

中国人取得如此杰出的成就，怎能不欢欣鼓舞，怎能不兴高采烈呢？

喜讯传到周总理那里，周总理惊喜得好几秒说不出话来。

当周总理向毛主席报告"成功了"的喜讯时，毛主席向烟灰缸弹一弹烟灰，说了两个字："极好！"

陈毅副总理获悉原子弹爆炸成功的消息后，喜悦异常地给聂荣臻拨通了电话，说："请客，请客！要请我们的科学家喝三大碗酒！"

当晚，在核爆炸现场拍摄的纪录专题片空运到北京。周总理尽管已经连续24小时没有休息了，仍然立即组织有关人员审看影片。

当银幕上映出那一朵似鲜花盛开的蘑菇云时，周总理带头鼓起掌来。放映结束后，他风趣地说道："毛

主席讲，我们应该给赫鲁晓夫发一个一吨重的大勋章，感谢他促使我们搞出了自己的原子弹。可惜，这枚勋章赫鲁晓夫戴不上了，他下台了。"

影片的动人情景，已经使得在场的人激动不已，周总理的一席话，更引起一片热烈的笑声和掌声。

才华横溢的郭沫若，当场口占一首幽默风趣的散曲：

> 小丑下台，应欢送，礼炮轰隆。
> 原子弹，说爆就爆，其乐无穷。
> 十年丑史化尘土，
> 一阵惊雷卷飓风。
> 笑老苏，大势已去矣，敲丧钟。
> 忆往昔，来势凶，
> 众喽啰，瞎起哄。
> 君不见，人民自古是英雄，
> 螳臂当车千钧力，
> 庄生梦，一场空。
> 看东方，火炬赤旗舞，万里红。

不久，在全国人大第三届首次会议上，周总理讲了如下一段话："我们能不能自力更生地攀登科学技术高峰，这不仅在国外，而且在国内都是有人怀疑的。但是随着我们第一颗原子弹的爆炸，现在是应该扫清一切自卑感的时候了。"

周总理还谈到我国第一颗原子弹所取得的圆满成功，其中还包括测试记录仪的记录准确，资料完整。

据资料记载，法国第一次核试验没有数据，美、苏第一次核试验也只获得部分数据。而我们由于在获取数据上准备工作细致、充分，获得的数据完整而准确。这些数据充分证明，试验是完全成功的。

更可喜的是，美、苏的第一颗原子弹是钚弹，而我们则是比上述强国都超前的铀弹。

1965年7月16日，当美国核科学家测出了我国第一颗原子弹的威力比他们预计的大二十倍时，他们被制造的死神武器吓得战栗了。

当年，由于苏联对日宣战，随即出兵中国东北，日本侵略军在中国各战场全线溃败，日本政府已传出了投降的意向。

然而，杜鲁门政府却要竭力使日本人"丢尽脸"后再投降——因为美国当局要为珍珠港事件雪耻，要为在冲绳岛战役中死亡的美国将士复仇。所以，便发生了日本广岛、长崎两市二十多万无辜市民死于原子弹爆炸的悲剧。

历史还应提醒约翰逊的是，他的前任杜鲁门、艾森豪威尔曾几次扬言，要在中国制造"广岛事件"。

约翰逊为了充分展现美国当局"核霸主"的本性，于当年12月26日从关岛基地派出装有16枚核导弹的"丹尼尔·布思"号潜艇到亚洲大陆沿岸的海面示威。不久，又派出另一艘核潜艇到西太平洋游弋，炫耀武力。

中国人民向来不惧强暴。12月29日，中国政府立即还以颜色，尖锐地揭露了美国当局的核战阴谋：

> 中国成功地爆炸了第一颗原子弹，打破了美帝国主义的核垄断，鼓舞了全世界一切反对帝国主义侵略的革命人民的斗志。很明显，美国在这个时候派出北极星导弹核潜艇到西太平洋地区，是为了威胁中国，同时也是为了稳住它在亚洲的侵略阵地。

> 如果美国以为派出几艘核潜艇，摆出一些核武器，就能把我们吓倒，那是徒劳的……

是的，中国没有原子弹时，尚且不怕美国杜鲁门政府和艾森豪威尔政府多次发出的核威胁，而今，就更无所畏惧了。这充分表现了中华民族的大无畏气概!

美籍华人作家赵浩生,当听到中国第一颗原子弹爆炸的消息后,眼含热泪,挥笔写道:

当中国第一颗原子弹试爆成功的新闻传到海外时,中国人的惊喜和自豪是无法形容的。在海外中国人的眼里,那菌状爆炸云是中华民族精神的花朵。那从报纸、广播中传出的新闻,是用彩笔写在万里云天的万金家书。

中华魂·百部爱国故事丛书

提　　要

《誓与禁烟相始终——民族英雄林则徐》

林则徐严禁鸦片，坚决抵抗西方列强的侵略，坚持维护国家主权和民族利益。他是中国近代历史上第一位睁眼看世界的人，是抗击帝国主义殖民侵略的第一人，是中华民族抵御外侮过程中伟大的民族英雄。

《血洒虎门御敌寇——抗英将军关天培》

民族英雄关天培，在第一次鸦片战争中为了抗击英国侵略者的入侵而血洒虎门，为国捐躯，谱写了一曲可歌可泣的英雄赞歌。关天培用他的生命，书写了中国人民反抗外侮的历史。

《威震镇海靖节魂——抗敌英雄裕谦》

在第一次鸦片战争期间的众多牺牲者中，有一位官阶最高，他就是两江总督裕谦。裕谦与外国侵略者斗争立场坚定，与国内妥协派、投降派斗争态度坚决。裕谦督战镇海，与英国侵略军浴血奋战，临危不惧，以身报国，浩气长存。

《斩邪留正解民悬——太平天国领袖洪秀全》

农民出身的洪秀全，从失意文人到起义领袖，经历了长期的思想演变过程，在外敌入侵、清朝政府腐朽的历史环境之下，顺应时代的潮流，成长为一位非凡的历史英雄人物，建立了与清朝政府相抗衡的农民政权——太平天国。

《仰承汉唐　荟萃中外——近代数学家李善兰》

李善兰是我国19世纪重要的科学家之一，在数学、天文学、力学等方面都有重大建树。他继承了我国古代数学的成就，又以极大的热情传播西方科学文化，"仰承汉唐，荟萃中外"，把自己的一生献给了科学事业。

《严谨治学　勇于探索——近代著名数学家华蘅芳》

华蘅芳，中国近代数学家之一。其精通中国古算学，并熟练掌握西方近代数学，是中国验证抛物线并著书立说的参与者。为了证明"外国有的，中国也能造"而鞠躬尽瘁，在引进西方科学技术、传播科学知识上贡献卓著。

《折冲樽俎护山河——近代著名外交家曾纪泽》

曾纪泽是中国近代史上著名的爱国外交家，在中俄伊犁交涉事件中，他秉承抵抗列强、保卫国家的坚定意志，利用外交手段全力同沙俄抗争，捍卫了国家主权、民族尊严，收回了祖国的领土，在近代中国外交史上留下了光辉的一页。

《甲午海战留英名——民族英雄邓世昌》

邓世昌，北洋水师名将。本书以邓世昌的成长过程为线索，以代表性的历史故事为主要内容，还原真实的历史事件，突出鲜明的人物性格。邓世昌因在中日甲午海战中突出的英雄气概而名垂史册，书写了伟大的爱国主义篇章。

《誓与舰队共存亡——北洋水师提督丁汝昌》

丁汝昌处在清朝政府的腐朽和李鸿章的专断下，难以施展爱国的抱负，壮志未酬，愤恨而终。但丁汝昌为建立近代海军作出的巨大贡献，带领北洋舰队爱国官兵勇抗强敌的英雄事迹，将永远为后代所传颂。

《镇南关上凯歌扬——抗法老英雄冯子材》

1885年中法战争中，年逾古稀的冯子材为抵御外国侵略，勇赴国难，大败法军于镇南关，并乘胜追击，接连收复文渊、谅山等地，从根本上扭转了中法战争的局面，成为近代民族英雄的杰出代表。

《屡败法军逞英豪——黑旗军将领刘永福》

刘永福是黑旗军的创建者，是农民出身的杰出军事家、政治活动家。在19世纪发生的援越抗法、中法战争中，他率部与帝国主义侵略者进行了殊死的战斗，建立了卓越的功勋，成为我国近代史上著名的民族英雄，为后世所景仰。

《矢志变法强国家——戊戌变法领袖康有为》

康有为是清末民初最有影响力的思想家之一。他领导了中国知识界的启蒙运动，掀起了一场自上而下的政体改革。他最早在中国提出了立宪政体和具体的宪政方案，主张在坚持儒家传统和帝制的前提下，学习西方经验，他的进步思想对近代中国具有深远的影响。

《开民智以报国　普新知而图强——戊戌变法思想家梁启超》

梁启超，中国近代史上著名的政治活动家、启蒙思想家、史学家、文学家，戊戌变法领袖之一。本书以百日维新思想家梁启超的成长过程为线索，以代表性的历史故事为主要内容，还原真实的历史事件，突出鲜明的人物性格。

《我自横刀向天笑——维新志士谭嗣同》

谭嗣同在民族危机的严重时刻，投身改革救中国的洪流。为了带给祖国一个光明的未来，紧要关头，他挺身而出，用自己的鲜血激励后人，把宝贵的生命献给了变法事业。

《睡乡敢遣警世钟——用生命警策国人的陈天华》

陈天华是民主革命的活动家和宣传家。他写的《猛回头》《警世钟》等书，起到了革命启蒙的重大作用。为了激发留日学生的爱国情怀，他不惜投海自杀，演出了近代史上感人至深的一幕，给后人留下了难忘的印象。

《革命军中马前卒——民主斗士邹容》

革命乃"至尊极高，独一无二，伟大绝伦之一目的"；它是"天演之公例，世界之公理，顺乎天而应乎人"的伟大行动。因此，必须"仗义群兴革命军"。他激情高呼："革命独子万岁！中华共和国万岁！"这就是《革命军》的作者，中国近代著名资产阶级革命宣传家邹容。

《休言女子非英物——鉴湖女侠秋瑾》

为民族解放和妇女解放而英勇斗争的秋瑾，冲破封建礼教的思想牢笼，打碎封建精神枷锁，崇仰真理、追求光明，主张共和，坚持男女平等，最终献出了自己年轻的生命。

《血溅校场 杀身成仁——民主斗士徐锡麟》

本书讲述了反清志士徐锡麟弃文从武、投身反清革命事业，最终被清政府杀害的故事。出于对国家的热爱，徐锡麟献出自己的生命，他的事迹将永远激励后人深切缅怀这位民主革命的先驱。

《生可死耳 我志长存——献身民主的禹之谟》

禹之谟，民主革命党人，同盟会会员，近代资产阶级革命家、实业家。1886年，20岁的禹之谟"提三尺剑，挟一卷书"游历四方，研究西方社会政治学说，忧国忧民之心日趋强烈。戊戌变法失败，他丢掉改良幻想，倡革命救亡之说，走上民主革命道路。

《物竞天择 适者生存——资产阶级启蒙思想家严复》

严复是中国近代著名的启蒙思想家、翻译家和教育家。他长期从事教育和翻译事业，为近代中国人才培养和思想启蒙做出了重要贡献，同时他也为中国的翻译事业和中西思想文化交流做出了重要贡献。

《辛亥革命急先锋——资产阶级革命家黄兴》

黄兴，清末民初资产阶级革命家，中华民国开国元勋。黄兴在武昌首义及辛亥革命时期的爱国表现，与孙中山闻名于当时，常被时人以"孙黄"并称。本书以资产阶级革命活动实干家黄兴的成长过程为线索，歌颂了先辈伟大的爱国主义精神。

《矢志革命 百折不回——近代民主革命家廖仲恺》

廖仲恺追随孙中山踏上了创立民国与捍卫共和制的旧民主主义革命

之路；在新民主主义革命时期，他为建立、巩固首次国共合作和实施三大政策，英勇奋斗，为国殉职，洒尽了一腔热血。

《将军拔剑南天起——护国英雄蔡锷》

蔡锷是中国近代史上的杰出军事家、爱国者。他的一生短暂而伟大。辛亥革命爆发，他毅然投身于革命洪流之中，领导云南重九起义，对武昌起义积极响应。袁世凯窃国复辟、恢复帝制的阴谋暴露出来以后，他又毅然举起了武装讨袁的旗帜。

《反帝反封建运动——五四青年的爱国故事》

五四运动是一次伟大的反帝反封建的爱国运动；是一个伟大的历史转折点；是中国人民的斗争从挫折走向胜利的一个关节点，它为中国的前进开辟了一条全新的道路，拉开了中国新民主主义革命的序幕。

《思想自由 兼容并包——著名教育家蔡元培》

蔡元培是中国近现代著名的民主革命家和教育家，一生经历风雨，却始终信守爱国和民主的政治理念，致力于废除封建主义的教育制度，奠定了我国新式教育制度的基础，为我国教育、文化、科学事业的发展做出了富有开创性的贡献。

《为国家争光 为民族争气——中国铁路之父詹天佑》

詹天佑是我国最早的杰出铁道工程师，因主持建造京张铁路而闻名中外，被誉为"中国铁路之父"。他为祖国的铁路事业贡献了毕生的精力。本书向读者展示了詹天佑热爱祖国、科技兴国的辉煌人生。

《实业救国 衣被天下——轻工之父张謇》

张謇是爱国实业家、教育家。他年轻时中过状元。过了40岁，开始投身工商实业活动中，他的名言是"富民强国之本在于工"。在南通，创办大生丝厂、银行等各种实业。并将创办实业的大部分所得投入教育。他的观点是，教育和实业一样，也是"富强之大本"。

《心向革命 追求光明——平民将军冯玉祥》

冯玉祥将军"是一位从旧军人转变而成的坚定的民主主义战士"。

抗日战争期间，他辗转各地，用实际行动积极抗战。日本战败投降后，他为了断绝美国的援蒋内战，又在美国四处演说，揭露蒋介石统治之黑暗，痛斥美国阴谋分裂中国的不良行为。

《刑场上的婚礼——革命烈士周文雍　陈铁军》

周文雍是广州起义的主要领导人之一。陈铁军出身于华侨商人家庭，却毅然投身革命洪流。1928年1月，两人接受派遣，回到广州假扮夫妻从事革命斗争，却不幸被捕。临刑前，两位烈士将敌人的枪声当作自己婚礼的礼炮，用生命和爱情谱写出一曲千古绝唱。

《星星之火　可以燎原——井冈山斗争的故事》

1927—1929年，毛泽东、朱德等老一辈革命家，在井冈山创建了农村革命根据地，进行了艰苦卓绝的斗争，建立了新型革命武装，点燃了工农武装革命之火，找到了农村包围城市最后夺取政权的中国革命的正确道路。

《新民学会的主要发起人——中国共产党早期革命家蔡和森》

蔡和森青年时期曾与毛泽东等人一起组织进步团体新民学会，参加五四运动，并在赴法国勤工俭学时研读大量马克思主义著作，回国后以满腔热忱投身革命事业，成为中国共产党早期重要的理论家和宣传家。

《威震黄浦江畔　高奏抗日壮歌——一·二八淞沪抗战》

面对日本侵略者的挑衅，十九路军在蒋光鼐、蔡廷锴的带领下，高举义旗，奋力一搏。一·二八淞沪抗战，是中国军人捍卫军人荣誉和祖国尊严所发出的吼声，谱写了一曲抗击日军侵略的英雄壮歌。

《将军恨不抗日死——慷慨就义的吉鸿昌》

在国难深重的20世纪30年代，吉鸿昌将军因拒绝执行国民党指示，坚决不打内战，被迫携眷出国"考察"。回国后，他加入中国共产党，组织了民众抗日同盟军，英勇打击日本侵略者，后于1934年11月被国民党反动派杀害。

《献身革命　甘于清贫——梅岭忠魂方志敏》

大革命失败后，方志敏凭着"两条半步枪"起家，身经百战，创建了赣东北革命根据地和红十军。本书真实记录了方志敏投身于革命、领导红军和敌人进行艰苦卓绝斗争的经历，歌颂了烈士贫贱不移、威武不屈、献身革命的高尚品质。

《奏响中华最强音——人民音乐家聂耳》

聂耳在他有限的生命中创作了数十首革命歌曲，在抗日救亡运动中，聂耳的这些歌曲产生了广泛深远的影响。他的音乐创作为中国无产阶级革命音乐的发展指明了方向，树立了榜样。

《横眉冷对千夫指——中国文化革命主将鲁迅》

鲁迅不但是伟大的文学家，而且是伟大的思想家和伟大的革命家。在那风雨如晦的黑暗年代里，他以笔为投枪，同一切帝国主义和反动派进行了顽强的战斗，为中国人民树立了一个不朽的丰碑。他是新文化战线上的一面光辉旗帜，是我们伟大民族的灵魂。

《铁流两万五千里——红军长征的故事》

红军长征是人类历史上的一次伟大的壮举。第五次反"围剿"失败后，中国工农红军的三大主力在极端艰难的条件下，突破国民党军队的围追堵截，进行了史无前例的战略大转移，总行程达两万五千里以上。途中发生了许多动人故事，至今令人难以忘怀。

《荣辱不移革命志——创建陕北红军的刘志丹》

刘志丹是杰出的无产阶级革命家、军事家，西北红军和西北革命根据地的主要创始人之一。他一生热爱人民，追求真理，英勇善战，百折不挠，艰苦奋斗，忠心赤胆，为创建红军和革命根据地、为中国人民的解放事业建立了不可磨灭的功勋。

《英名永存北平城——爱国将领佟麟阁　赵登禹》

1937年7月28日，日军向北平郊区发动进攻。第二十九军副军长佟麟阁奉命在南苑率部与日军苦战，腿部受伤，头部被敌机炸伤，壮烈殉国。第一三二师师长赵登禹指挥部队顽强抵抗日军，右臂中弹负伤，仍继续作战。后在转移途中遭日军截击而牺牲。

《八百壮士　四行仓库铸军魂——谢晋元和他的战友们》

八一三抗战，中国军人以血肉之躯揭开全面抗战的帷幕。这是一场血战，是中国军人不屈不挠的英雄诗篇，其中的八百壮士守四行，成为这首英雄颂歌中最动人、最凄美的音符。一曲四行保卫战，铸就了不屈的军魂。

《八女投江　气贯长虹——八位抗联女战士》

抗日战争时期，以冷云为首的东北抗日联军8名女战士，为捍卫民族尊严，面对凶残的日寇，镇定自若，宁死不屈，投江殉国，表现了中华民族同敌人血战到底的英雄气概。她们的光辉形象，激励着千千万万的后来人。

《艰苦抗战　威震敌胆——著名抗日英雄杨靖宇》

杨靖宇将军是我国著名的抗日民族英雄。曾先后担任磐石游击队政治委员、东北抗日联军第一军军长兼政委、抗日联军总司令等职。领导军民对日寇坚持了长达9个年头的艰苦卓绝的斗争，最终以身殉国。

《死也不当亡国奴——镜泊抗日英雄陈翰章》

陈翰章，从1932年8月投笔从戎，直到1940年12月8日为抗击日本侵略者，战死在镜泊湖畔。他在抗日疆场上奋战了九年，他那可歌可泣的英雄事迹将为人们永世传颂。

《名将殉国　气壮山河——抗日将军张自忠》

著名抗日将领、民族英雄张自忠，生于忧患的时代，抱有"宁为百夫长，胜作一书生"的志向，经历过失败与低谷，最终成就了慷慨人生。本书主要以人物活动为主，勾画出一个真正的"民族魂"鲜活的人生，会带给读者振奋的力量。

《宁死不辱战士名——狼牙山五壮士》

1941年日寇在河北易县"扫荡"。为掩护群众和主力部队撤退，五位八路军战士毅然把敌人引上了狼牙山棋盘坨峰顶绝路。弹尽粮绝、无路可退，五位英雄纵身跳下了万丈悬崖，用生命和鲜血谱写出一曲惊天地泣鬼神的壮举。

《太行浩气传千古——抗日名将左权》

左权，中国工农红军和八路军高级指挥员，著名军事家。是八路军在抗日战场上牺牲的最高指挥员。名将阵亡，太行山为之垂首，全党为之悲痛。周恩来称他"足以为党之模范"，朱德赞誉他是"中国军事界不可多得的人才"。

《虎将兴关外 抗倭统雄师——抗联英雄赵尚志》

本书描写了久经考验的共产党员、东北抗联的创建者和主要领导人赵尚志，在艰苦卓绝的条件下，坚持抗战，威震敌胆，战功卓著，忍辱负重，忠贞不屈，为国捐躯的英雄故事，为青少年读者呈上一部爱国主义的佳作。

《黄埔之英 民族之雄——抗日名将戴安澜》

抗日名将戴安澜，先后参加保定、漕河、台儿庄、武汉、昆仑关等战役，作战英勇，屡建奇功；入缅作战，"扬威国外，藉伸正义"；守东瓜，复棠吉；殒身缅北，遗恨丛林，马革裹尸，成就了光辉的一生。

《爱国志士 民主先锋——新闻出版家邹韬奋》

本书讲述了邹韬奋献身新闻出版事业的奋斗历程，展现了一位新闻工作者坚定的革命信念和炽热的爱国主义精神，全心全意为人民服务、为读者服务的奉献精神，歌颂了他的高尚情操和优良品质。

《为抗战发出怒吼——人民音乐家冼星海》

人民音乐家冼星海，青年时期在巴黎求学，饱尝屈辱与磨难；学成后毅然回到多灾多难的祖国，用满腔热忱谱写激昂的音乐，鼓舞中华儿女的斗志；奔赴延安，谱写出不朽的名作《黄河大合唱》，发出中华民族抗日救亡的怒吼。

《全民皆兵　抗击日寇——抗日战争的故事》

中国人民进行的十四年抗战，是一百多年来中国人民反对外敌入侵第一次取得完全胜利的民族解放战争。这场战争是以国共两党合作为基础，有社会各界、各族人民、各民主党派、抗日团体、社会各阶层爱国人士和海外侨胞广泛参加的全民族抗战。

《捧着一颗心来　不带半根草去——人民教育家陶行知》

陶行知是我国现代教育史上伟大的人民教育家、教育思想家。他从青年起就立志献身教育事业，以"捧着一颗心来，不带半根草去"的赤子之心，为人民的教育事业鞠躬尽瘁。

《为民主与和平拍案而起——民主斗士闻一多》

闻一多早年与梁实秋等人发起成立清华文学社。赴美留学期间由对祖国的深深眷恋而创作著名的《七子之歌》。后在西南联大任教8年，积极投身于抗日运动和争取民主的斗争，发表了著名的《最后一次讲演》。

《铁窗难锁钢铁心——革命先烈王若飞》

王若飞是我党早期杰出的无产阶级革命家。在艰苦卓绝的斗争中，他出生入死，屡建奇功，以超人的睿智和胆略，在敌人的监狱中，同敌人展开了殊死的较量，为抗战的胜利和新中国的诞生做出了卓越的贡献。

《横扫千军　还我河山——抗联名将李兆麟》

李兆麟是东北抗日联军创建人之一，他率领抗日联军历尽千难万险与日本侵略者浴血奋战，在极其艰苦的条件下，保存了抗日联军的有生力量，为东北光复做出了重大贡献。

《锄头开出新天地——解放区大生产运动》

为了解决困难，渡过难关，党中央号召党政军民齐动手，开展大生产运动。中国共产党在其控制区域内发动的一场军队屯田和鼓励生产的群众运动，达到了自己动手丰衣足食，共度难关，既进行革命又进行生产自足的目的。

《生的伟大 死的光荣——女英雄刘胡兰》

刘胡兰，坚贞不屈的少年女英雄。生前对我国劳动人民的解放事业无限忠诚，在敌人威胁面前，大义凛然，毫无惧色，英勇牺牲，表现了共产党员的高贵品质。

《饿死不领美国救济粮——爱国知识分子的楷模朱自清》

朱自清作为爱国知识分子的典型，以锐利的笔锋直言痛斥反动政府的暴行，体现了他崇高的爱国情怀和不畏恶势力的精神品格。毛泽东曾给朱自清先生以高度评价："一身重病，宁可饿死，不领美国的'救济粮'"，"表现了我们民族的英雄气概"。

《为了新中国前进——舍身炸碉堡的董存瑞》

伟大的英雄，中国人民的儿子董存瑞，从儿童团长成长为一名光荣的解放军战士，在1948年解放隆化县城时，舍身炸碉堡，为新中国献出了自己年轻的生命。他的英雄形象永远留在人民心里。

《宁死不屈的共产党员——革命烈士江竹筠》

江竹筠，就是著名的江姐。1947年春，她负责《挺进报》工作，只几个月的时间，报纸就发行到1600多份，引起了敌人的极大恐慌。由于叛徒出卖，江姐不幸被捕，惨遭毒刑的残酷折磨，仍坚贞不屈。最后被特务秘密枪杀，年仅29岁。

《抗美援朝 保家卫国——志愿军的战斗故事》

抗美援朝战争是中国人民志愿军为援助朝鲜人民、保卫祖国安全，与美国为首的"联合国军"发生的战争。在朝鲜牺牲的志愿军烈士们，他们英勇的战斗事迹、保家卫国的精神值得我们发扬光大。

《上甘岭上壮烈歌——黄继光和他的战友们》

在1952年10月的上甘岭战役中，黄继光和他的战友们在零号阵地半山腰被敌机枪火力点压制，此时，黄继光身上已经多处负伤，手雷也已全部用光。为了完成任务，减少战友的伤亡，他用自己的胸膛堵住正在扫射的敌机枪射孔，为反击部队扫清了前进的道路。

《诗书印画 全入神品——国画大师齐白石》

齐白石出身贫寒，做过农活，当过木匠，后改学雕花木工，从民间画工入手，摹古人真迹，学诗文书法，融汇古今，而诗、书、印、画俱佳；他将中国画的精神与时代的精神统一得完美无瑕，使中国画得到国际的重视，无愧于"国画大师"的称号。

《毕生为文化而奋斗——中国第一出版家张元济》

张元济参与、主持和督导商务印书馆近六十年，使其从简单的印刷企业转变为当时中国教育出版的旗帜。张元济一生爱书，在中华大地动荡不安的年代里，他用自己对文化的热爱，续存着中华民族灿烂悠久的文明之光。

《独树一帜 梨园大师——著名京剧表演艺术家梅兰芳》

梅兰芳，京剧大师，演唱风格独树一帜，世称"梅派"。曾先后赴日本、美国、苏联演出，并荣获美国波摩那学院和南加州大学的荣誉文学博士学位。作为一位爱国者，抗战期间蓄须明志，拒绝为日本人演出，为后世称颂。

《华侨旗帜 民族光辉——爱国侨领陈嘉庚》

陈嘉庚是著名的爱国华侨领袖、企业家、教育家、慈善家、社会活动家。他为辛亥革命、民族教育、抗日战争、解放战争、新中国的建设做出了卓越的贡献。生前被毛泽东誉为"华侨旗帜、民族光辉"。

《向雷锋同志学习——伟大的共产主义战士雷锋》

雷锋，一个平凡而伟大的共产主义战士，一心向着党，一生秉承着全心全意为人民服务、无私奉献的崇高思想；发扬刻苦学习和钻研理论的"钉子"精神；坚持勤俭节约、艰苦奋斗的优良作风。毛泽东为其题词："向雷锋同志学习。"

《人民的好公仆——县委书记的好榜样焦裕禄》

焦裕禄，被誉为县委书记的好榜样。他用自己的革命精神，展开了与大自然、与社会落后现象、与病魔的多重抗争，让我们领略到一个共产党人的生之伟大、死之壮美的人格品质和具有现实教育意义的精神魅力。

《文学巨匠　京味大师——人民作家老舍》

老舍是我国现代小说家、文学家、戏剧家。他用融入骨髓的真诚文字反映生活的喜怒哀乐。老舍的一生，总是在忘我地工作，他是文艺界当之无愧的"劳动模范"，生前被北京市人民政府授予"人民艺术家"的称号。

《革命老人——无产阶级教育家徐特立》

徐特立是一代伟人毛泽东的老师。他出生在贫苦家庭，大部分时间生活在动荡艰苦的年代；他刻苦勤奋，不畏艰辛，追求光明，一生勤俭，为革命培养了大量的人才；他对党和人民任劳任怨，鞠躬尽瘁。他坎坷奋斗的一生，留下了许多可歌可泣的故事。

《人生能有几回搏——新中国第一个世界冠军容国团》

容国团先后担任中国乒乓球队运动员、女队主教练。获得1959年男子单打世界冠军；1961年夺得男子团体世界冠军；作为中国女队主教练，1965年率女队第一次夺得女子团体世界冠军。他的"人生能有几回搏"的豪言，举国传诵。

112

《石油工人一声吼　地球也要抖三抖——铁人王进喜》

王进喜，新中国第一批石油钻探工人。他为祖国石油工业的发展和社会主义建设立下了不朽的功勋，在创造了巨大物质财富的同时，还给我们留下了宝贵的精神财富——铁人精神。他被评为"百年中国十大人物"，写入中华民族的光辉史册。

《做人民需要我做的事——著名地质学家李四光》

李四光是一位伟大的科学家，他一生从事地质学研究工作，足迹遍布祖国的山川，为祖国探明了许多地下宝藏；他创建了崭新的学说——地质力学；他历尽重重困难，为正确认识地质构造开辟了一条新路。

《中国化学工业的先驱——著名化学家侯德榜》

为摆脱纯碱需要进口的窘况，20世纪初，怀着"实业救国"梦想的中国化工先驱侯德榜等人创办了永利碱厂，并立志生产出中国人自己的碱。1926年，永利碱厂终于成功地生产出"红三角"牌纯碱，从此中国制碱业得以跨入世界先进行列。

《毕生求是　一丝不苟——著名科学家竺可桢》

著名科学家竺可桢献身科学研究；治学严谨，一丝不苟；一生廉洁，两袖清风；作风民主，爱护学生。他以爱国之心、报国之志，从一个民主主义者逐渐成长为一个共产主义战士。

《热爱自然的大地之子——著名植物学家蔡希陶》

蔡希陶，五十载风雨，五十载坎坷，五十载奋斗，五十载开拓，为了发现对人类生产、生活有用的植物及新物种的引进而做出巨大贡献，在中国的植物资源学史上将永远镌刻着他的名字。

《高洁无私的襟怀——知识分子的楷模蒋筑英》

蒋筑英是中国当代知识分子的先锋典范，他不为名，不为利，尊重科学；他以坚忍的毅力和顽强的作风，在科学的道路上呕心沥血，鞠躬尽瘁，无私地奉献了青春和生命。

《迎接新生命的天使——卓越的妇产科专家林巧稚》

林巧稚是国内外享有盛誉的妇产科专家。在五十多年的医学教育和临床实践中，林巧稚亲自接生了五万多婴儿，治愈了数千病人，培养了数以百计的专门人才，为我国的妇女儿童事业做出了不可磨灭的贡献。

《独自成千古　悠然寄一丘——国画大师张大千》

张大千是20世纪中国画坛最具传奇色彩的国画大师，无论是绘画、书法、篆刻、诗词无所不通。在艺术界深得敬仰和追捧，艺术家们用真挚的感情，用绘画和雕塑展现了"张大千"多彩的艺术形象。

《建造中国的通天塔——著名数学家华罗庚》

中国当代著名数学家华罗庚，为中国数学的发展做出了无与伦比的贡献，他是中国解析数论、典型群、矩阵几何等多方面研究的创始人与开拓者，也是我国最早将数学理论研究与生产实践紧密结合的科学家。

《问鼎长天　强我国威——两弹元勋邓稼先》

邓稼先是我国著名科学家，参加组织和领导我国核武器的研究、设计工作，从对原子弹、氢弹原理的突破和试验成功及其武器化，到新的核武器的重大原理突破和研制试验，作出了重大贡献。是我国核武器理论研究工作的奠基者之一，被誉为"两弹元勋"。

《敢叫天堑变通途——桥梁专家茅以升》

中国著名的桥梁专家茅以升从小立志为祖国建造桥梁，经过不懈努力，他不仅设计建造了一座座宏伟壮观、坚固实用的道路桥梁，而且搭建了一座座友谊之桥，为祖国建设作出了卓越贡献。

《蘑菇云之梦——核物理学家钱三强》

被誉为"中国原子弹之父"的核物理学家钱三强，更名后立志于科技报国；24岁投师于世界著名核物理学家居里夫妇；与夫人何泽慧合作，发现铀的"三分裂""四分裂"现象；统领我国的原子大军，做了大量创造性工作。

《两离桑梓地　满怀雪域情——领导干部的楷模孔繁森》

孔繁森，是一位一尘不染、两袖清风的好干部。两次进藏工作，历时十载，为西藏的建设、发展和稳定作出了突出的贡献。1994年11月，孔繁森不幸以身殉职。人民群众称他为新时期领导干部的楷模。

《摘取数学皇冠上的明珠——著名数学家陈景润》

陈景润是享誉世界的数学家，为了证明"哥德巴赫猜想"，他以惊人的毅力在数学领域里艰苦跋涉，终于攻克了世界著名数学难题"哥德巴赫猜想"中的"1＋2"，创造了中国乃至世界数学史上的辉煌。

《学术独步　饮誉四海——享有国际威望的科学家卢嘉锡》

卢嘉锡是一位在国际科学界享有崇高威望的物理化学家、化学教育家和科技组织领导者。1945年，卢嘉锡满怀"科学救国"的热忱回到祖国，对中国原子簇化学的发展起了重要推动作用，他所指导的新技术晶体材料科学研究，也取得了重大成绩。

《德艺双馨　梨园楷模——著名豫剧表演艺术家常香玉》

常香玉1941年赴陕甘演出。1948年在西安创办香玉剧社。1951年为支援抗美援朝，率剧社巡回西北、中南、华南各地演出，以演出收入捐献"香玉剧社号"战斗机一架，素有"爱国艺人"之誉。

《文学大师　激流勇进——著名作家巴金》

本书以巴金生平和主要事迹为线索，回顾和展示现代著名作家巴金的一生，以期让人们看到巴金在这风云变幻的100多年中，有过成功的欢欣，有过屈辱的磨难，有过痛苦的忏悔，有过平静的安宁。巴金的人生，映照着一代中国五四知识分子坎坷而不平凡的命运。

《壮心系科学　孜孜为国昌——理论化学家唐敖庆》

本书讲述了唐敖庆从出国求学、学业有成、回国任教，到服从安排、艰苦工作、刻苦钻研，最终成为中国量子化学奠基者的过程。让人们看到了这位著名化学家的赤心爱国、严谨治学、大公无私的崇高品格和科研上的卓越成就。

《中国导弹之父——著名科学家钱学森》

当第一颗原子弹升空的时候，当中国的人造卫星奏响《东方红》的时候，当中国运载火箭腾空而起的时候，当中国研制的导弹准确命中目标的时候，人们都会想起他的名字：中国导弹之父钱学森。

《中国近代力学的奠基人——著名科学家钱伟长》

钱伟长曾以中文和历史两个100分的成绩考入清华大学。九一八事变后，钱伟长毅然放弃了文科的学习而转为理科。他是中国近代力学、应用数学的奠基人之一，在固体力学、流体力学以及航空航天领域，取

—核物理学家钱三强

蘑菇云之梦

得了卓越的成就，为新中国的现代化建设付出了毕生的精力。

《中国光学科学的奠基人——著名科学家王大珩》

王大珩是我国著名的科学家，中国光学科学的奠基人。他先在清华就读，后赴英国求学，学业有成，立志科学救国，其成就享誉神州。他以科学的求是精神和赤诚的爱国情怀，探索着中国光学发展的闪光之路。